贾高龙 著

勘探者之歌
——贾高龙诗文集

中国书籍出版社
China Book Press

谨 献 给
煤层气事业之践行者

华夏物阜烃矿贮，
毕生勘探壮志酬。
九州圆梦无限路，
尽揽河山写春秋。

作者简介

贾高龙，字山人，号七彩霞客，一九五九年三月生，内蒙古土默特左旗西柜村人。一九七七年七月高中毕业于察素齐中学；一九八二年一月本科毕业于山西矿业学院地质系，煤田地质及勘探专业；研究生毕业于中央党校经济管理专业。高级工程师，曾  工作于内蒙古煤田一五三勘探队、内蒙古煤田地质局，后调入北京就职于中联煤层气有限责任公司。

自二〇〇〇年开始业余写作，《西贝之子》是作者回到故乡的新春贺辞，初次写文章由于触景生情而不禁潸然，从此感受到了文学写作的煽情和魅力。《悠悠苦菜情》是首次发表的作品，曾刊于二〇〇〇年四月廿一日《人口与生育报》，在此感受到了文学作品被发表的快乐感和成就感。

作者一直从事地质勘探工作，同时作为一名业余摄影爱好者，踏览祖国的山川湖海，直触大自然的野外生活无疑为写作和摄影提供了丰富的素材。在工作之余坚持文学写作和拍摄，凡遇到有意义的事件和重要的节庆，均有感而发，天长日久遂有小集，每每温放而情动。

　　工作三十多年时至近退休之日，便有了编纂诗文集的冲动。作品以描写野外生活和工作感悟以及自然美景的题材居多，文体以诗词为主，包括打油诗、顺口溜，还有散文等，多插以图片相映，以纪吾辈不惧寒暑之苦，不忘创业之艰，不堕苦勘之志；推崇地勘山人"灵石奇峰何为险，花岗托起白云岩。"（此指地质构造运动，喻指地勘人不畏艰险勇攀高峰之意。）等经典诗作佳句，以飨世人。

　　此集以作者的处女作作为开篇，按照写作的时间先后顺序编排，像年鉴日志，折射人生的时事之纪——

　　　　时间现春夏秋冬，
　　　　日月赏阴晴圆缺。
　　　　事间记山水花鸟，
　　　　人间叙悲欢离合。

作 者
二〇一二年十月于北京

序

诗文言志，铁骨柔情赤子心

贾高龙先生与我共事十余年，近日拿来一本诗文集邀我作序。望着这个瘦高的内蒙古来的硬汉，略感突兀，我还是毫不犹豫地应允，只为我相信他做什么都会认真，都会做好。

自古至今，成大事者文韬武略为人津津乐道。爱国军事家岳飞、辛弃疾，上马杀敌，下马作赋，军功、文采传世。近代伟人毛泽东、陈毅，开国建业，丰功彪炳，诗文也大气、华美，脍炙人口。我认识的杰出领导马凯、张国宝先生，不仅行政管理、专业能力超群，功绩卓著，其广闻博识，词、诗俱秀，也令人十分钦佩。我身边的贾高龙先生，属于真正的草根诗人，与前述诸贤相比，文治武功，笔墨功夫，自当别论，但其情趣高尚，也感人至深。细读本诗文集，其言志、言情、言行，不觉产生了共鸣——因为我们都是煤层气人。

据考证，我国用煤的历史可追溯到六千多年前，采煤则始于西晋。在我国数千年的煤炭史中，瓦斯事故却像梦魇一般如影随行，世人皆知。煤矿重大死亡事故绝大部

分归咎于瓦斯，社会上谈瓦斯而色变。煤层气俗称就是煤矿瓦斯，是可燃性的甲烷气体，与煤炭共、伴生。先采气、后采煤可以根本性防治瓦斯事故，又可以增加洁净气体能源，因此煤层气产业应运而生。中联煤层气公司（简称中联公司）就是为新产业而建，旨在制服瓦斯凶魔，变害为利。中联人以"团结、拼搏、创业、报国"的志向，锲而不舍，克服无数艰难困苦，十几年奋斗结硕果，有力地推动了我国煤层气产业的形成和发展。中联人的所为对国家而言是创建新产业，增加新能源，对人民而言是除恶制凶，行善造福，功德无量。创业报国是中联人共同的目标，贾高龙先生则以诗文言之。

高龙诗中言志、励志的抒发感人肺腑。如"……壮志踏山川，热血驱严寒。齐心报国成大业，英雄今凯旋"（《勘探者之歌》）；"井冈精神传，破围不惧难。大我成大业，报国志向前"（《井冈山精神》）；"奋战高原中联人，敢问大地气究竟"（《赞中联人》）……诗文中洋溢着中联人创业报国的志向与豪情，我深以为知音莫若此。

高龙诗中言情之佳词丽句随处可见，既有对青山绿水、自然之美的热爱，如赴美国、加拿大、澳大利亚等考察培训期间的览胜抒情，在云南昆明、江西丰城、井冈山、内蒙古鄂尔多斯大草原的野外陶冶；也有思念战友、亲人的亲情；还有永往直前、战天斗地的豪情。他从心底流淌的是"洒向大地一身情，人间趣乐寓余生"（《野颂》）；"风光无限时，前程胜美景"（《石林缘》）。我们从中体会的真的是《快乐工作，快乐生活》，以情怡人。

高龙的《保德工作日记》《述职报告》《为人民服务》等文章，以及大量言行的诗作，活生生地勾画出一个地勘生涯三十载，不惧风雪寒暑，长年奋战在野外一线，杀敌破阵、吃苦耐劳的中联铁汉。我国煤层气产业靠铁汉们的耕耘、打拼而辉煌。

读罢贾高龙先生诗文集，最深印象就是只有把本职工作当作追求的事业来干，才更有激情、更有意义、更有光彩。贾高龙先生诗文集，煤层气业内人读来亲切，对社会芸芸众生也不无裨益。

贾高龙先生还年轻，我期待着他更好、更多的作品面世。

国家能源专家咨询委员会　委　　　员
中 国 煤 炭 学 会　副 理 事 长
中联煤层气有限责任公司　总顾问(原董事长)

孙茂远
二〇一二年十月于北京

尽览千条川,履踏万重山。
平生事勘探,壮志亦悠然。

目录 Contents

序 ······ 001

第一部分 贾高龙诗集

中国煤层气 ······ 004
鄂东气田 ······ 005
粽之情 ······ 006
"非典"寄石 ······ 007
面条情长 ······ 008
鄂尔多斯颂 ······ 009
游沙湖 ······ 010
赞中联人 ······ 011
观潮吟 ······ 012
十二门徒石 ······ 013
咏浪 ······ 014
咏气 ······ 015
野颂 ······ 016
保德"八怪"新编 ······ 017

山东好	018
酒家五部曲	019
保德蓝天	020
保德欢迎您	021
煤层气圣火	022
神山祭祖	023
附：中秋怀璧	024
中秋抒怀	025
烦作乐	026
新北京新家园　家乡在西边	027
咏府谷	028
附：咏府谷	029
银婚	030
改革开放三十年	031
点赞奥运	033
游颐和园	034
井冈山精神	035
同窗情	036
"煤老板"与"油老大"	037
新中联	038
谢工会	039
冰糖葫芦	040
生日随想	041
师傅醉酒	042
石林缘	043

云南姑娘	044
祖国需要您	045
中秋明月	046
感悟	047
六弟子	048
奠基人	049
拜年	050
七彩之旅	051
腾冲	052
大理	053
劳动光荣	055
中发白	056
柳林行	057
因为你小	058
健康最重要	059
辣之道	060
丰矿治水	061
辣女	062
烦与乐	063
思故乡	064
畅和月圆	065
别违章	066
登滕王阁	067
永恒	068
附：唱永恒	069

咏畅和风景线	070
珠联璧合	071
柳林风水	072
怀友情	073
德高望重	074
卜算子·咏春	075
情系北美洲	076
北美行	078
悠悠岁月	079
赏花仰先	080
七律·国色天香	081
五律·国色天香	082
教子成龙	083
扬州游	084
端阳抒情	086
重游延安	087
仰圣人	089
附：和	090
和《和》	091
附：企	092
和《企》	093
附：潮起	094
潮落	094
潮落潮起	095
师徒冠花	096

渔家傲·牛郎与织女	097
附：渔家傲·七夕	098
和《秋月》	099
附：秋月	099
浮云随风飘	100
相离相依	100
附：中秋邀客	101
中秋月圆	102
中秋云追月	103
"明君良臣"	104
灵璧奇石	105
西双版纳	106
格瑞克	107
大美沙湖	108
圣诞大捷	109
勘探生涯三十载	110
勘探者之歌	112
中联贺岁	113
思念	114
安徽好	115
丽江美	116
珍珠婚	118
附：邀"行者"	119
答周鹏	120
咏绵山	121

泊郡大观	122
锡林浩特颂	124
达里湖	125
九华山	126
登三清山	128
试气成功	130
黄果树瀑布	131
咏大山包	132
椰岛枫情	133
媛瑗	134
道同	135
扬煤吐气	136
龙虎山	137
壶口瀑布	139
赛龙舟	140
神府大气	141
元阳梯田	142
登云台山	143
茱萸峰与真武庙	145
泊郡四季	146
勘探豪杰	147
外围项目经理部	149
卑职悦	150
出师表	151

北国之行	153
三阳开泰	154
反腐倡廉	155
孝为先	156
刘氏涵好	157
歼日寇，扬国威	158
崂山·海上名山第一	159
崂山峭，景无限	160
赞中联	161
国之栋梁	162
登司马台长城	163
战滇寒	165
金猴迎春	167
祝福	168
中山站怀旧	169
忆水峪贯	170
硕果累累	171
风雨兼程二十年	172
爱在四季	174
晚风	175
勘探游记	176
十六字令三首	177
珠江之源	178
生命之门	179

咏普者黑	181
登岳	182
附：望岳	183
中联缘	184
郎将军	185
重阳抒怀	186
歌之魂	187
大漠明珠	188
朝思暮想	190
腊八初捷	194
颂友人	195
洛都跃龙门	196
访诗圣诗魔	197
珠江源之缘	198
呼伦贝尔之约	199
山水人生	201
长征古韵	202
流金岁月	204
月是故乡圆	205
彩色沙林	206
滇南陶韵	207
茶博士	209
中联乔迁之春联	210
幽峡醉四郎	212
再聚首	213

中联赞歌	214
九九思情	217
双重喜庆	218
金猪迎新春	219
十八连山勘探郎	220
附：和《十八连山勘探郎》	221
退休词·警言四句	222
地勘者铭	223
贤居德君	224
中华楹联精粹	225
川蜀之要	228
风范长存	229
中联煤层气公司祭词：先贤	230
中联煤层气之歌	232
吾自清闲	234
春满哈素海	235
陶韵茶香	236
寄语二君	237
苦尽甘来·寒门出才子	238
鱼塘秋韵	240
咏菊庆双节	241
长城戏水	242
耕读传家	243
霞光普照	244

第二部分 贾高龙文集

西贝之子…………………………………………… 247
悠悠苦菜情………………………………………… 249
坚持学习,提高素质,开创地质工作新局面……… 251
为人民服务………………………………………… 256
保德工作日记(节选)……………………………… 260
快乐工作,快乐生活………………………………… 263
师徒心语…………………………………………… 265
中联煤层气公司鼎力发展之势……………………… 267

后记:春天的惊喜…………………………………… 271

第一部分

贾高龙诗集

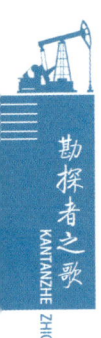

勘探者之歌
KANTANZHE ZHIGE

壶口瀑布是中华民族的伟大象征
秦晋大地乃煤层气发祥的摇篮……

黄龙摆尾浊浪掀，
悬壶倾倒吐云烟。
飞流入口吞五色，
捣珠四溅刺破天。

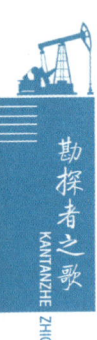

中国煤层气

中国煤层气，远瞻大手笔。
资源够丰沛，朝政多扶提。
创业新科技，发展握良机。
合作共赢利，自力举航旗。

二〇〇一年四月十二日
作于北京中联大厦

后 记

"煤层气"是一种无色无味以甲烷为主的可燃气体，属于洁净新能源。开发利用煤层气可以减少污染，保护环境，根本性防治煤矿瓦斯事故和增加新能源。为此，国务院于一九九六年三月三十日下发"国函〔1996〕23号"文，批准成立"中联煤层气有限责任公司"，并授予煤层气对外合作专营权，主营中国煤层气资源的勘探、开发和利用。

鄂东气田[1]

大河奔向南[2]，秦晋居两岸。
神保准格尔[3]，华夏煤气田。
科研勘探先，明析新资源。
开发煤层气，中联领军前。

二〇〇二年五月
作于北京中联大厦

注释

[1]"鄂东气田"即指鄂尔多斯东缘煤层气田，包括内蒙古准格尔、陕西神木、府谷、山西河曲、保德、兴县、临县、柳林、石楼、吉县等旗县，气田总面积两万多平方公里。

[2]"大河"即指黄河。河东为山西，河西为陕西，北部为内蒙古。

[3]"神保准格尔"指陕西神木、府谷、山西保德、内蒙古准格尔。作者多年从事地质勘探工作的地区。

后记

《鄂尔多斯东缘煤层气田勘探开发技术综合研究》项目于二〇〇二年三月下达任务，四月编写设计，五月成立项目组正式开展工作。作者参加了该研究项目的主要工作。

粽 之 情

粽有心，　　　　　　粽有情，
千古传承记屈公。　　艾蒲寄语抒肠衷。
悠悠情，　　　　　　句句真，
湲湲穿时空。　　　　年年赋歌咏。

粽有形，　　　　　　粽有令，
箬裹四喜五福颂。　　百舸齐发似蛟龙①。
淡淡馨，　　　　　　家家庆，
款款留香浓。　　　　欣欣向繁荣。

二〇〇二年六月十五日·农历壬午年端午节
作于北京

注 释

① "百舸齐发似蛟龙"指端午节的传统习俗赛龙舟。

后 记

端午节为每年农历五月初五，又称端阳节、五月节、午日节、重午节等。端午节是汉族人民纪念屈原的传统节日，更有吃粽子，赛龙舟，挂菖蒲、蒿草、艾叶，薰苍术、白芷，喝雄黄酒的习俗。"端午节"已被列入世界非物质文化遗产名录。

"非典"寄石

作者从二〇〇一年二月八日开始了"北漂"生涯。二〇〇三年遇到了蔓延京城的"非典"疫情，孤独无奈之下购得奇石寄予安心，并作词。

"非典"摧华夏子孙，

洗耳听救车笛声。

公司令员工休行，

只身居陋舍孤零。

无奈购奇石安心，

亖石寓四季肆景①。

时韵现春夏秋冬②，

逝水琢山花石林③。

二〇〇三年四月廿九日

作于北京中联大厦

注 释

①"亖"音(sì)，即四。

②"时韵现春夏秋冬"指四奇石的时间韵律显现春夏秋冬四季。

③"逝水琢山花石林"指水流的侵蚀作用雕琢四奇石呈现山花石林四景。

面条情长

纪念北漂贺祚仁、贾高龙、刘通与吴雪飞四室友俭居芍药居34号楼东单元402室

辛巳阳春驻中联[①],

早九晚五度华年。

单车穿梭行仁道,

事工甘辛身居俭。

一根黄瓜俩鸡蛋,

三斤面条分四碗[②]。

雪飞高龙通老贺[③],

北漂同志情如山。

二〇〇三年六月二十日

作于北京

注 释

① "辛巳"指农历辛巳年,即公元2001年。

② "一根黄瓜俩鸡蛋,三斤面条分四碗"指山西面食——贺祚仁为四室友烹做的黄瓜丝西红柿鸡蛋打卤面。

③ "雪飞高龙通老贺"指吴雪飞、贾高龙、刘通与贺祚仁四室友。

鄂尔多斯颂

　　五月的鄂尔多斯告别了冬日的沙塬,披上了绿装,一望无垠的大草原励人心怡。但她那耿烈的脾气说变就变——夜来风雪起,窗前银色霜——绿色的大地毯一夜之间变成了银色的大雪原,鄂尔多斯奇也,神也……

鄂尔多斯墙外城,成吉思汗铁骑弓[①]。
煤海歌扬游子醉,乌金睡床走浩空[②]。

昨日翠草五月仲,今晨窗前絮迎风[③]。
水蚀银蛇碧空尽[④],风琢奇韵绎余生[⑤]。

二〇〇四年五月十五日
作于内蒙古鄂尔多斯

注　释

① 成吉思汗是历史上杰出的政治家和军事家,统一蒙古各部,被誉为蒙古帝国的大汗。

② "乌金睡床"指煤炭埋藏于地下,也称煤矿床;"走浩空"是指开发利用煤炭发电向区外输电。

③ "絮迎风"比喻窗前的积雪像棉絮一样随风飘动。

④ "水蚀"指水流的侵蚀地质作用;"银蛇"比喻鄂尔多斯高原上蜿蜒的雪山山脉。

⑤ "风琢"指风蚀地质作用;"奇韵"指呈现韵律的地层剖面;"余"意我,此指作者。

游 沙 湖

泛舟游沙湖①，湖水尽清柔。
柔沙抱翠湖，湖润沙似绸。
绸波连天湖，湖中青苇稠。
稠苇迎飞舟，舟鸟催鱼游。
游子在西夏②，夏至盼金秋③。

二〇〇四年六月廿二日
作于宁夏沙湖

注 释

①"沙湖"位于贺兰山东麓、黄河西岸，在银川以北56公里，水域和沙漠总面积80多平方公里。赞沙湖之美，美在沙水相融；沙湖之秀，秀在湖苇相映。她既有塞北之雄浑，又具江南之灵秀，是一处融江南水乡与大漠风光为一体的原始生态胜地。

②"西夏"原指西夏王朝（1038—1227），是中国历史上由党项人在中国西部建立的一个政权，李元昊（1003.5.26—1048.1.19）建国时以夏为国号，称"大夏"；又因其在西方，宋人称之为"西夏"。今指宁夏、甘肃、青海东北部、内蒙古阿拉善盟及陕北部分地区。"游子"此指作者。

③"夏至盼金秋"表达作者身在异乡并期盼一分收获的心情。

赞中联人

九曲碧波明月静,
西口古渡人地灵。
闲道信步古长城,
先仁智踞黄土坪。

秋夜银霜钻机鸣,
泥浆做墨书豪情。
奋战高原中联人,
敢问大地气究竟。

二〇〇四年九月廿八日·农历甲申年中秋节
作于山西河曲施工现场

后 记

在河曲县BD-1钻井施工作业时,正逢中秋,将此作献给奋战在前线的中联地质队员。

观 潮 吟

北京隆冬正值澳大利亚盛夏,在南太平洋西岸戈尔德科斯特,吾赤足沙滩望洋而兴叹……

海风乱发望大洋,
千堆白雪一道墙①。
汹涛卷来齐奔腾,
细浪远去似羔羊。

碧水蓝天日正当,
赤足嬉戏享阳光。
黄金海岸留恋处,
百里沙滩气度长。

二〇〇五年一月廿五日·作于澳洲黄金海岸

注 释

①"千堆白雪一道墙"意指眺望远处的海浪像一道白色的墙。

十二门徒石

南洋碧浪险,
神琢九指山[①]。
千载迎波击,
亲依母齿岸。

二〇〇五年一月三十日
作于澳洲大洋路

注 释

① 十二门徒石由于波浪的冲刷,今已剩九座,故称"九指山"。

咏　浪

雪骏乘风泛[①]，
古今未登岸。
离余洋中逝，
重整再次还。

二〇〇五年一月卅一日·农历甲申年腊月廿二
作于澳洲伍伦贡

注　释

① "雪骏"喻指白色的海浪。

咏 气

在保德BD-4钻井开工之日,地利天时人和,捉笔为之,预祝煤层气勘探在此取得成功!

保德府谷隔河望,
秦川晋峦两苍茫。
中原之子探宝藏①,
西贝传人墨颂赏②。
孤居营厢何所当,
他日煌堂衣膳畅。
倾心勤政愿天赐,
咫时气涌乐万方。

二〇〇五年四月九日
作于山西保德施工现场

注 释

① "中原之子"指中原油田钻井一公司煤层气钻井队。"探宝藏"指保德煤层气藏之勘探工作。

② "西贝传人"即贾宗传人,此指作者。

野 颂

在鄂尔多斯黄土高原,"一年四季风,自春刮到冬"——春天刮黄风,夏天刮凉风,秋天刮寒风,冬天刮刺骨的白毛风。在钻井工地,天无几日宁,要么沙尘肆虐,要么烈日当头……只有几阵春雨洒过,大地才有绿色,星星野花显得格外美丽迷人。

黄土高坡没日风,
扬沙击面餐佐尘。
赤野西东阳光浴,
夜卧单床聆机声。
雨落墚塬野花盛①,
心怡神韵书五更。
洒向大地一身情,
人间趣乐寓余生。

二〇〇五年五月十一日
作于内蒙古准格尔施工现场

注 释

① "墚塬"指我国西北地区的黄土高原地貌,"墚"特指黄土山岗,"塬"特指黄土高原上顶平坡陡的高地。

保德"八怪"新编

黄河西去怪奇,
城内乌垢涂地①。
庶民沿壑而居,
屋脊炉囱林立。
煤烟弥漫天际,
路人嗅呛罩鼻。
寿者街巷难觅,
黑雀谋食横飞。

二〇〇五年季冬
于山西保德

注 释

①"城内"即保德城的古称。"乌垢"指用于燃烧的煤炭和煤渣。

后 记

清·乾隆皇帝视察保德时,留有一首诗。

山高石头露,黄河向西流。
富贵无三辈,清官也难留。

山 东 好

游蓬莱，入仙境，蜃楼云裳八仙人。
仰三孔，知天下，圣人六德至大成。

览古今，做好汉，齐鲁长城戍梁山。
登岱岳，心泰然，华夏崛起民泰安。

观泉涌，抒豪情，黄河入海奔东营。
品水城，亲蓝海，奥运扬帆破东风①。

二〇〇六年九月二十日
作于山东威海

注 释

① "奥运扬帆破东风"此指北京奥运会帆船和帆板比赛将在青岛举行，寓意中国奥运代表团将取得好成绩。

后 记

二〇〇六年九月二十日，中国煤层气学术研讨会在山东威海召开。作者游威海、烟台、蓬莱等有感而发——
一山一水一圣人，古庄古阁古长城。
揽云揽月揽仙境，至贤至善至大成。

酒家五部曲
——在地质师张文峰先生酒宴上

第一部，情有余，甜言蜜语。

第二部，话如雨，花言巧语。

第三部，气轩宇，豪言壮语。

第四部，刚轻愚，胡言乱语。

第五部，卧金隅，不言不语。

二〇〇六年季冬

于陕西府谷天桥商务酒店

保德蓝天
——赠保德县环保局张书记

黄河之阴宝地，
满池乌金城邑①。
今朝大寒何为？
户户炊烟囱立。
煤烟笼罩天际，
四季罕见晴晰。
保德明日蓝天，
亟待煤层气兮。

二〇〇七年一月二十日
作于山西保德

注 释

①"满池乌金城邑"指保德城大街小巷都堆满了用于燃烧的煤炭。"乌金"此处指煤炭。

后 记

此诗为了保德煤层气项目开发试验井组在当地环保局获得排水许可而作。保德县环保局以"保环字〔2007〕30号"函予以批复。

保德欢迎您

保德的土地是神奇的，
保德的天空是彩色的。
神奇的土地在于她孕育了
身心奇毅的子孙，
彩色的天空在于他充满了
氧氮硫碳之浓雾……

大河西去在悲泣，
边穷黎庶在期待，
百姓期待生计富裕，
保德期待一片蓝天……

保德需要您，
保德欢迎您，
保德盼望你们——
改变这里的一切。

二〇〇七年一月廿六日·农历丙戌年腊月初八
作于保德宾馆

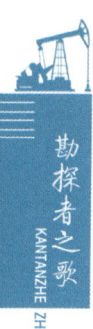

煤层气圣火

在山西保德煤层气开发试验点火之日,地利天时,祝煤层气开发在此取得成功!

野炊七载寻甲烷[①],
黄河岸畔圣火燃。
卧龙冲天九州瞰[②],
火井吐焰映河山[③]。

塞外欢歌漫黄塬,
土著谢地又拜天[④]。
金猪举头欲出塞[⑤],
保府吏庶尽开颜。

二〇〇七年六月十三日
作于山西保德项目现场

注 释

① "野炊"指作者从事煤层气勘探野外工作;"甲烷"是一种无色无味的可燃气体,甲烷气亦称煤层气。

② "卧龙冲天"指煤层气生产试验的火焰冲向天空。

③ "火井"系天然气煤层气井的古称。

④ "土著谢地又拜天"指当地民众感谢地勘工作者在家乡开发煤层气造福老百姓。

⑤ "金猪举头欲出塞"意指丁亥年保德煤层气将从塞外高原输送到京津冀地区。

神山祭祖

贾氏祖籍踞崞县[①],
族系宗祠傍神山[②]。
伍兄瑷瑶毂瑾瑜[③],
北走口外土默川[④]。

朝宗勿需意惆怅,
祭祖自得心坦然。
先辈芳名垂千古,
后人昌德揽纲担。

二〇〇七年七月四日·农历丁亥年五月二十
作于祖籍原平县神山

注 释

① "崞县"原平县的古称,行政区划属山西省忻州市所辖。

② "神山"指作者的祖籍——原平县大牛店镇神山村。贾氏始祖成府于明洪武八年(1375)奉诏迁居崞县神山。作者贾高龙,生于内蒙古土默特左旗西柜村,贾氏土左旗族支二十世中甲。

③ "瑷瑶毂瑾瑜"指贾族第十四世贾瑷、贾瑶、贾毂、贾瑾、贾瑜,"毂"为珏(jué)的繁体字。该兄弟五人随父辈于清乾隆中叶走西口又移居到贾家淤地(今属于土默特左旗)定居繁衍至今(瑶公居武川县乌兰哈达和野马兔)。

④ "土默川"指大青山南麓至黄河北岸的冲积平原,其主体区域为内蒙古呼和浩特市土默特左旗。

附

中秋怀璧

孟万河

秋蝉鸣枫叶，
天鉴悬清寰。
举杯邀佳客，
把盏话玉盘。
怀璧心生暖，
折桂酒驱寒。
菊满山间路，
直上白云巅。

二〇〇七年中秋节

作者简介

孟万河，一九六五年十二月生，河北省衡水市武邑县人。一九八七年北京大学国民经济计划与管理专业毕业，一九九〇年北京大学硕士研究生毕业。第九届全国青联常务委员。著工商管理系列丛书《公司领袖》，经济日报出版社，1997年。

中秋抒怀
——奉和孟万河新作《中秋怀璧》

举头明月光，
低头墚塬黄①。
万家团圆夜，
只身飘异乡。
嫦娥舞悠扬②，
执著比吴刚。
踏勘晋陕鄂③，
大河两茫茫④。

二〇〇七年中秋节
作于山西保德

注 释

①"墚塬"指我国西北部晋陕蒙一带的黄土高原地貌。"墚"特指黄土高原上黄土山岗，"塬"特指黄土高原上顶平坡陡的高地。

②"嫦娥舞悠扬"意指赏月，联想月中的嫦娥翩翩起舞。

③"踏勘晋陕鄂"指作者踏遍山西保德、陕西神府、鄂尔多斯地区煤层气勘探现场。

④"大河两茫茫"指黄河两岸茫茫的黄土高原。

烦 作 乐
——赠北京嘉铭园桐城国际业主

让春雨洗去你的惆怅,
让秋风吹走你的忧伤。
让南通舒缓你的倔强①,
让嘉铭重树你的善良②。

让朝阳映照妳的脸庞,
让晚霞铺洒妳的梦床。
让温馨镶饰妳的衣裳,
让幸福铭座妳的庭堂。

二〇〇七年十二月
作于北京

注 释

① "南通"指嘉铭园F区施工单位。
② "嘉铭"指嘉铭园F区建设单位。

新北京新家园　家乡在西边

万里独行大京华，
千回百转望西霞。
繁星月夜栖身处，
风雨狂时寄一家。

题　记

　　家是人的根，是人的身心和灵魂的栖居之所——它既是生命的诞生之地，也是灵魂的安息之处。家是挡风遮雨的归所，又是人生之旅的重要驿站，无论你身在何方，心永远朝着家的方向。作者自二〇〇一年只身进京打工，经过不懈的努力和打拼，结束了六年的北漂生活，全家人正式落户于北京市东城区。二〇〇七年从呼和浩特举家迁居北京，入住装饰一新的家舍——人生之旅的又一座驿站。二〇〇八年春节是乔迁北京的第一个新年，儿子特意从内蒙古故里将七十八岁华龄的老父接到北京过年，阖家其乐融融。逛天安门广场，登天安门城楼，进故宫，看北海，游民族园，览鸟巢水立方，耄耋老人为之兴奋，感叹不已。为迎接奥运会的召开，整个京城被装点一新。

　　　　新年新宅新北京，好友好运好前程。
　　　　家和人和迎奥运，国泰民泰万事兴。

　　　　　二〇〇八年二月七日·农历戊子年春节
　　　　　于北京嘉铭园

咏 府 谷

大河南去望莽岭①，浪击两岸分晋秦。
孤山悬寨北台镇②，边关自古多麒麟③。
天宝物华显和隐，煤盐油气潜我心④。
矿藏深处千年睡，唤醒大地看当今。

二〇〇八年三月十五日
作于陕西府谷

注 释

① "大河南去"指黄河沿鄂尔多斯东缘经府谷向南流。

② "孤山悬寨"指府谷，其古称有麟府、府州等，位于古长城边。"北台"指万里长城中最大的一座城台——镇北台——位于榆林北、府谷西。

③ "麒麟"是古代传说中的一种祥瑞神兽，此处比喻杰出人物。

④ "煤盐油气"指府谷所在的陕北榆林地区的矿产资源，其储藏量平均每平方米有煤炭6吨、盐138吨、石油14公斤、天然气115方。

后 记

作者为准格尔—神府—保德煤层气勘探项目驻府谷县城长达四年，对府谷深有感触。今漫步新落成的府谷河滨公园赏张席春诗《咏府谷》有感。

府谷县位于陕西省北端、黄河西岸，北与内蒙古准格尔旗、伊金霍洛旗相邻，东与山西省保德县、河曲县仅一河之隔，总面积3200平方公里，总人口22万人；主要产业有煤炭、火电、电石、金属镁及其他煤化工产品，是全国最大的金属镁和电石生产基地，全国载能火电第一县，是一个正在崛起的工业县和西部大开发的"瑰宝之地"。

附

咏　府　谷
明·张席春

一线长河夹远岭，孤悬水寨峙波心。
任从两岸狂澜倒，砥柱中流自古今。

银 婚

——结婚25周年纪念日拙作赠贤妻

相识壬戌年[①]，志同结理连[②]。
添丁在甲子，家和仗妻贤。

银婚谱大典[③]，情愫励志坚。
风雨人生路，携手彩云巅。

二〇〇八年五月一日
作于北京

注 释

① "壬戌年"指农历壬戌年即公历一九八二年。

② "理连"即连理，"结理连"指作者于一九八三年五月一日结婚。

③ "银婚谱大典"指作者结婚二十五周年，谱就银婚第一大典。

后 记

夫妻结婚十年称锡婚，十五年称水晶婚，二十年称瓷婚，廿五年称银婚，三十年称珍珠婚，卅五年称碧玉婚，四十年称红宝石婚，卌五年称蓝宝石婚，五十年称金婚，六十年称钻石婚。银婚为第一大典，金婚为第二大典。

改革开放三十年

公元一九七七年
一位东方巨人,撼醒神州大陆。
百万华夏学子,竞登状元之路。
——金榜题名,尽显精英本色。

公元一九八二年
学就归来,尽效忠,志报国。
学士之冠,勤耕耘,业绩卓。
——顺风顺水,彰显明政国策。

公元一九八四年
媒娶贤妻,生贵子,祖业扬。
育子成龙,敦教诲,做栋梁。
——贾族兴盛,荣显圣祖宏德。

公元一九八八年
主编报告,书通宵,甘奉献。
泰岳归田,淘斗金,吃妒贤。
——时运逆转,顿显忍容品格。

公元一九九四年
迁升他就,须人和,应天时。
高师撰著,考外语,赛成绩。
——三足立鼎,方显能人气魄。

公元一九九八年
煤炭走低,浮于心,人多闲。

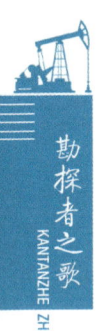

有志之士，勿虚度，再充电。
——三载苦读，突显硕士智略。
公元二〇〇一年
新世纪进都城，机缘人才稀有。
煤层气新领域，中联谱写春秋。
——五载勤政，乐显志者心得。
公元二〇〇八年
侨居京都别绥远①，盛夏避暑回草原。
改革开放三十年，拾得小康万家圆。
乐之余，省悟之
人生乃似博弈棋，长尖碰跳打吃飞。
成败得失怒哀喜，尽在黑白世界里。

二〇〇八年八月八日
作于内蒙古土默特

注　释

① "绥远"即呼和浩特的古称，民国时属绥远省。

后　记

今天是北京奥运会开幕之日，也是家父从西柜村移居旗府察素齐镇的乔迁吉日，耄耋老人住上了水电气暖齐全的新楼房，衣食无忧，老幼皆喜悦。作者大孝尊亲有感而发——改革开放三十年，拾得小康万家圆。

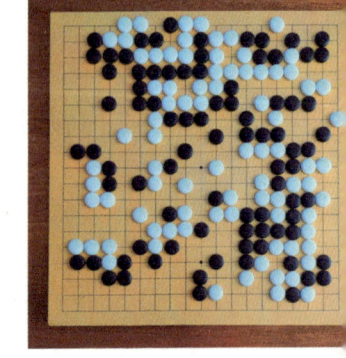

点赞奥运

——祝贺北京奥运会中国获金牌榜首

中国奥运年，

五彩同心连。

和声咏华夏，

圣火炫空前。

得水如鱼燕，

绿道捷步先。

极致高强快，

筑梦圆万千。

二〇〇八年八月廿四日

作于北京

后 记

第29届夏季奥林匹克运动会于2008年8月8日晚上8时在中华人民共和国首都北京开幕。本届奥运会共有参赛国家及地区204个，参赛运动员10000余人，设302项运动，共有60000多名运动员、教练员和官员，至2008年8月24日晚闭幕。赛会共创造43项世界纪录及132项奥运纪录。中国代表团以51枚金牌、21枚银牌和28枚铜牌居金牌榜首，是奥运历史上首个登上金牌榜首的亚洲国家。

游颐和园

中秋畅游颐和园,

山色湖光共一天。

万寿山上佛香阁,

云辉玉宇长廊联。

昆明湖畔仁寿殿,

水木自亲鱼藻轩。

玉带桥边西堤美,

景致气爽乐悠闲。

二〇〇八年九月十四日·戊子年中秋节

作于北京颐和园

后 记

二〇〇八年中秋节又逢周日,作者携妻儿举家漫步颐和园,正午野餐园中,尽享回归大自然的原态生活——悠闲而快乐。

井冈山精神

——贺二○○八年中国煤层气学术研讨会

相聚井冈山，共商新能源。
开发煤层气，重任托中联[①]。
井冈精神传[②]，破围不惧难[③]。
大我成大业[④]，报国志向前。

二○○八年九月廿四日
作于江西井冈山

注 释

①"中联"指中联煤层气有限责任公司。

②"井冈精神传"指坚定信念、敢闯新路、勇于胜利、无私奉献的井冈山精神——在毛泽东、朱德领导下开创中国民主革命道路的井冈山精神。

③"破围"指秉承井冈山精神，突破煤层气勘探开发的技术瓶颈。

④"大我"即超越自我的人，此指志向远大的人。"大业"即指煤层气事业。

后 记

二○○八年九月廿四日，由中国煤炭学会煤层气专业委员会主办、中联煤层气公司承办的二○○八年煤层气学术研讨会在江西井冈山召开，作者为会议特邀专家并介绍了保德项目水平对接井开发煤层气的成功经验。游览革命圣地井冈山有感。

同 窗 情
——纪念山西矿业学院建校50周年

一九七七年,折桂晋矿院[①]。
同窗习地勘,四载情如山。

光阴三十年,重逢泪洗面[②]。
倾诉人生路,甘为煤奉献。

母校五十年,学子大团圆[③]。
三万英才俊,桃李红遍天[④]。

二〇〇八年十月十八日
作于山西太原

注 释

①一九七七年十二月全国恢复高考,内蒙古于十三日和十四日进行了政治、理化、语文和数学的考试,作

者被录取至山西矿业学院地质系煤田地质及勘探专业。

②一九七八年初入学至今,同学三十年重逢,悲喜交集,倾诉人生。

③山西矿业学院一九五八年建立,今隆重举行建校五十周年庆典。

④山西矿业学院五十年来培养了三万多名学子,遍布祖国大江南北及海内外,为我国社会主义建设做出了杰出贡献。

"煤老板"与"油老大"
——纪念中联煤层气有限责任公司股权调整
暨中煤集团与中石油集团"分手"年

煤老板是黑色的,
那是被煤炭涂的。
油老大是黑色的,
那是被石油染的。

煤老板挖开的是地下巷峒,
油老大钻进的是地层探孔。
煤老板给生活带来热光,
油老大让社会加速转动。

煤老板与油老大双黑,
哥俩谁也不要嫌弃谁。
煤和油地下地上都黑,
最终皆被燃烧成烬灰。

二〇〇八年十二月
作于北京

新 中 联

新春新中联，
欢颜欢庆年。
好景好运气，
家和家人圆。

题 记

  一九九六年三月三十日，国务院下发"国函〔1996〕23号"文件批准成立中联煤层气有限责任公司，同时授予煤层气对外合作专营权，在国家计划中单列，隶属于原煤炭部、地矿部和中国石油天然气总公司的国有均股公司。随着国家机构改革的进程和股权调整，一九九九年中联公司股东变更为中煤建设集团和中国石油天然气集团公司并各持50%的股份。根据国务院国资委的指示，二〇〇八年初中联公司开始"股权调整"，时间长达一年之久，中石油退出后，中联公司成为中国中煤能源集团的全资子公司，新中联由此诞生。

二〇〇九年一月廿六日·农历己丑年春节
于北京

谢 工 会

每逢佳节思工会，
人文关怀至倍。
感召肢腑真可贵，
凝心聚力荟萃。

五十年华如流水，
六十与国相随。
身居中联大团队，
众志成城有为。

二○○九年三月十五日
作于北京中联大厦

后 记

中联煤层气公司工会每逢员工过生日均致以人文关怀，赠生日贺卡、送生日蛋糕表示祝贺。先进的公司文化增强了企业的凝聚力，极大地激励员工的工作热情。

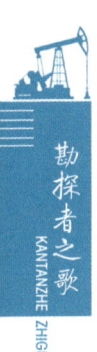

冰糖葫芦

木子敬师傅[①],冰糖裹葫芦。
果甜入心腑,果赤师表如。
每日思银球[②],久为身心舒。
正品修德就,挥拍斥方遒[③]。

二〇〇九年三月十五日
作于北京

注 释

①"木子"即李姓,此指李弟子;"师傅"指诗作者因其酷爱乒乓球运动并长期坚持锻炼而被称谓师傅。

②"银球"即乒乓球,此泛指乒乓球运动。

③"斥方遒"即指开拓热情奔放、劲头十足之意。

后 记

二〇〇九年三月十五日师傅五十岁生日,李弟子特孝敬师傅一串冰糖葫芦,师傅有感而吟。

生日随想

至感弟子颂祺师傅[①],
师徒康健和乐知足。
五十遥想少年十五[②],
三十正当如火如荼[③]。
春光无尽韶华不负,
筑就前行金色坦途。

二〇〇九年三月十五日
作于北京

注 释

① "师傅"指作者,因作者酷爱乒乓球运动而被称谓师傅。

② "五十遥想少年十五"指师傅五十岁却有年轻人的心态。

③ "三十正当如火如荼"指诸弟子三十岁左右,正值风华正茂,前程似锦。

师傅醉酒

尊师酒兴至,
心语颂弟子。
通健乐觉美,
德品乃钻石①。
醉师吐言戏,
笑柄②与徒弟。
传内勿传外,
鸿运随汝栖。

二〇〇九年九月十六日
作于云南昆明

注释

① "通健乐觉美"、"钻石"指六位乒乓弟子的名字——"通吃、健康、快乐、感觉、美丽、钻石"。

② "笑柄"是指文《师徒心语》,该文是师傅酒后赠与诸弟子的醉语。

石　林　缘

北南缘石林[①]，
奇石寄友情。
风光无限时，
前程胜美景。

二〇〇九年九月十七日
作于云南石林

注　释

①"北"指来自北京的游人及作者；"南"指来自重庆南川的匡娟伍仁。

后　记

"石林"位于云南省昆明市石林彝族自治县境内，是世界唯一处于亚热带高原的喀斯特岩溶地质景观，素有"天下第一奇观"之美誉，连片出现的石柱群，远望如树林，故名。石林地貌造型优美，气势大度恢弘，峭壁万仞，石峰嶙峋，天造奇观，像千军万马，似石堡幽城，如飞禽走兽，像人间万物，惟妙惟肖，栩栩如生；奇石、溶洞、秀水、飞瀑为其四绝。2001年4月被批准为国家地质公园，2004年2月被评为首批世界地质公园。

在晚古生代二叠纪早期，滨浅海环境沉积了上千米的石灰岩和白云岩，经过后期的地壳运动以及地下水和地表水的溶蚀作用，形成了千姿百态的石林地貌景观。石林以其"石多似林"而闻名于世，使人张开想象的翅膀在其间遨游。

云南姑娘
——观云南少数民族华美服饰有感

（一）

滇黔女招人看，后面看花布衫，
前面看容颜善，侧面看戴耳环。
上面看冠似鸾，下面看鞋裤宽，
中间看腰佩璨，田间看箩筐担。

（二）

肩背竹篓怀抱娃，
红衣绿裤鞋绣花，
披银戴翠眼睛大，
质朴体巧头顶纱。

二〇〇九年九月二十日
作于云南

后　记

　　首次走进云南，感受最深的是气候宜人，山明水秀，峻峰峡谷，森林茂密，自然风光独特，尤其是少数民族多而服饰美，彝、白、哈尼、傣、壮、苗、纳西族等少数民族服饰绚丽多彩，惊艳夺目。

祖国需要您

在"纪念建国六十周年,我与中联共奋进"之际,赠颂国家科技重大专项柳林示范工程前线将士。

祖国的土地是神奇的,
神奇的土地在于她孕育了
品格坚毅的炎黄子孙……
九州的资源是丰富的,
丰富的资源在于他蕴藏着
百业复兴的期望成真……

大河汲岸期盼土肥谷丰,
吕梁厚重期盼草绿枣红,
太行巍峨期盼水碧山青,
三晋昊瀚更盼蓝天白云……

谁来成就此举?
中联人扛重任拓荒开行……
祖国需要您,
吕梁欢迎您,
柳林人民盼望你们——
开发煤层气造福全人类。

二〇〇九年十月一日·国庆节

中秋明月

——赠中联煤层气公司新一届领导班子

楼外明月光,

阁内颂和祥。

欢度团圆夜,

公司人气旺[①]。

营造新气象,

同心创业忙。

拼搏十三载[②],

中联已启航。

二〇〇九年十月三日·中秋节

作于北京

注释

① "公司人气旺"指中联公司在新一届领导班子带领下,全体员工团结拼搏,同心创业。

② "十三载"指中联公司于一九九六年成立至今已有十三年。

后记

二〇〇九年中联煤层气公司完成"股权调整",成为中国中煤能源集团的全资子公司,组成以孙茂远执行董事为首的新一届领导班子,领导新中联开创新事业。欣喜以《中秋明月》贺之。

感 悟

吾乃工学士也，
岂可从文乎？
余生乐也——
通地学，主勘探，
善杂写，工律诗，
长动练，喜明鉴。
余生庸也——
情真也，内善也，
笔拙也，冠微也……
惟银球乃大[①]，
康而乐乎！

二〇〇九年十二月
作于北京

注 释

① "银球乃大"指作者酷爱乒乓球运动并长期坚持锻炼。

六 弟 子

——总结2009，展望2010

2009百事通吃，2010吃通百事；
2009身体健康，2010健康身体；
2009工作快乐，2010快乐工作；
2009幸福感觉，2010感觉幸福；
2009青春美丽，2010美丽青春；
2009人生钻石，2010钻石人生。

二〇一〇年一月一日
作于北京

奠 基 人

在二〇一〇年新春之际，祝辞赠中联煤层气有限责任公司孙茂远执行董事、各位领导、中层干部及全体员工。

一个新产业的崛起，
前面总有一位奠基人在领航；
一个新公司的发展，
顶层总有一班智慧者在执掌；
一个新企业的效益，
中层总有一批好干部在担当；
一个新实体的壮大，
基层总有一队勤员工在拼扛。

庚寅的鞭炮声给大家带来吉祥，
新年的煤层气给我们创造辉煌！
祝大家春节好！

二〇一〇年二月十四日·农历庚寅年春节
作于北京

拜 年

辞金牛，寅虎到，
贺盛世，放鞭炮。
孩子淘，成绩好，
上大学，老人笑。

乒乓乒，起得早，
徒弟练，师傅教。
睡得香，吃得饱，
心气顺，身体好。

中联煤，人气高，
企业兴，靠领导。
效益好，员工笑，
煤层气，要越超。

祝大家：
　　家庭幸福，身体健康，
　　事业辉煌，万事顺意！

二〇一〇年二月十四日·农历庚寅年春节
作于北京

七彩之旅
——赠云南项目李秘书

木子游石林[①],
奇石寓友情。
兴致食蚕蛹,
胃肠顿失灵。

子更打吊针,
忙驾老主任。
娇体初愈时,
只身匆返京。

彩云之南行,
遗憾留汝心。
七彩多奇景,
永生赏不尽。

二〇一〇年四月廿三日
作于云南昆明

注 释

① "木子"即李姓,此指云南项目李秘书。

腾 冲

热海滚汽水[1]，火山生花蕊[2]。
梦幻岩矿迷，万物永相随[3]。
腾冲多翡翠[4]，璀璨诱君醉。
内涵色润絮，修心长智慧。

二〇一〇年四月廿五日
作于云南腾冲

注 释

[1]"热海"指云南腾冲的火山热海风景区。腾冲是我国最为著名的火山密集区之一，其境内分布着大大小小火山四十余座，构成了一个庞大的火山群景观。其中"热海大滚锅"是一个直径为3米多深约1.5米的盆形沸水池，终年冒着97℃的沸水，响声震耳，蒸汽冲天，场景十分壮观。

[2]"火山生花蕊"指火山口及周边生长着茂密的奇花异草。民谚云：好个腾越州，十山九无头；近处细探究，原是火山口。

[3]"万物永相随"指地球生物圈与地壳矿物圈互依共存，和谐相处。

[4]腾冲从宋元以来就是珠宝玉石的聚散地，首开翡翠加工之先河。至清代翡翠的加工、销售业已十分兴盛。现在翡翠的加工交易空前活跃，商业贸易和旅游业等日益昌盛。

大 理

"下关风,上关花,苍山雪,洱海月"为大理四绝,而"风花雪月"则被视为大理的代名词。

风和下关来[①],
花珠上关开[②]。
雪驻苍山巅[③],
月明印洱海[④]。
族人银翠黛[⑤],
碧溪环亭台。
怡居堉万物[⑥],
景绝皆仁才。

二〇一〇年四月廿六日
作于云南大理

注释

①"下关"即大理市下关镇位于洱河出洱海处。下关凉风常年不息,风高而不寒,亦无沙尘,空气清新,故下关有"风城"之称。

②"上关"即上关镇,位于洱河入洱海处。上关一年四季奇花盛开,飘香十里,春意盎然,诱人赏花留恋忘返,故有"上关花"之美称。

③"苍山"系云岭山脉南端的主峰,由十九座山峰和其间的十八溪组成,最高的马龙峰海拔4122米。苍山之巅常年积雪,银装素裹,晶莹夺目,与山脚下风光旖旎的洱海相映,构成了"银苍玉洱"之胜景。

④"洱海"位于苍山脚下,湖面海拔高度1972米,湖水清澈碧透宛如一面玉镜,当风清月静之时,苍山白雪与明月一起映入洱海,雪月相映,天海倒悬,其美景令人销魂。

⑤"族人银翠黛"指当地少数民族爱戴的银饰、翡翠和特有的肤色。

⑥"堉"音(yù),指肥沃的土地。

五一奖诸位弟子

劳动光荣

劳动让你荤素通吃，
劳动将你身心健康，
劳动给你带来快乐，
劳动对你营造感觉，
劳动向你舞动美丽，
劳动把你铸成钻石。

二〇一〇年五月一日
作于北京中联大厦

中 发 白

中联主打三张牌，
鼎力经营中发白。
国投外资主探采，
企业创新聚人财。

二〇一〇年五月四日
作于北京中联大厦

注 释

在麻将中有三张非常奇特的牌，对中联煤层气公司而言各涵深刻寓意。

①"红中"代表国家，包涵国家煤层气发展规划、产业政策和优惠政策、国家投入以及国家科技重大专项等。

②"绿发"表示营造绿色投资环境，积极引进外资和技术，进行煤层气风险勘探，保证矿权，提交煤层气探明储量。

③"白版"寓意在一张白纸上画好煤层气开发的蓝图，依托自营开发，建产能，增产量，抓销售，创效益。

打好"中""发""白"这三张牌方可鼎立中联。

柳 林 行
——山西柳林项目现场生活记

西贝居柳林①,黄塬寓亲情。

无为食荤冷,胃肠胆不灵。

药膳消炎症,疲熬老主任。

龙体初愈时,只身赴榆林。

吕梁之西行,河山在吾心。

秦晋多煤气,我生取不尽。

二〇一〇年六月
作于山西柳林

注 释

① "西贝"即贾姓,此指作者。

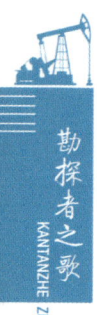

因为你小
——"六一儿童节"赠年轻朋友

小妹妹,小弟弟:
这么称呼是因为你小,
但希望你能够理解老。
小慢慢会变老,
但老不宜变少。
柳林的环境感觉不妙,
可老者的心态的确很好。
细细品赏《健康最重要》,
其实大家都不老。

二〇一〇年六月一日
作于山西柳林

健康最重要

人在世，真诚最好，
到中年，轻松少劳。
想想看，不惑已到，咱最重要：
扶老又携幼，重担一肩挑，
一个生咱的，一个咱生的，责任须尽到。
算算账，工资未调，房价太高，
举家过日子，还能对付了。
往前看，一亿大富豪比咱过得好；
往后看，十亿老百姓刚刚达温饱。

钱多不如经常笑，心情好胜过乌纱帽。
工作会议天天到，实干多，忽悠少。

咱这样最好——
只求健康，不负领导。
知足长生道，健康最重要。

二〇一〇年六月一日
作于山西柳林

辣 之 道
——江西丰城项目现场生活记

赣江老表，德勤体巧。
一日三餐，皆系辣椒。
酒香菜好，喉辣肛骚。
激励劲哥，志坚年少。

二〇一〇年八月一日
作于江西丰城

后 记

中联公司丰城煤层气项目位于江西省中部丰城、高安、樟树等市县境内，地处赣江西岸，为低丘地貌，海拔约40—100米。本省地貌总体呈向北开口的盆地，西南东三面由庐山、井冈山、武夷山、龙虎山和三清山等峰岭环抱，南部有章贡两水汇合的赣江向北入鄱阳湖。江西的自然风光、峰林地貌举世称绝，佛道人文远远流长。江西省也是我国重要的粮渔矿生产基地。

丰矿治水

江西丰城煤层气合作项目的旧钻井被关联到丰城矿务局建新矿采煤巷道涌水。从此,我们开始了治水止水大行动。

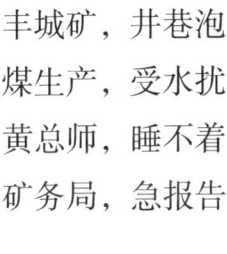

丰城矿,井巷泡,
煤生产,受水扰。
黄总师,睡不着,
矿务局,急报告。

格瑞克,态度好,
瑞迪夫,掏腰包。
择队伍,四处跑,
订哪家,招投标。

修井队,迅速到,
设备精,工人少。
抗高温,紧打捞,
想办法,抢时效。

中联煤,行动早,
赴现场,好领导。
涌水止,大家笑,
煤层气,信誉高。

二〇一〇年八月八日
作于江西丰城煤矿

辣　女

赣水育姑表，
丹凤眼眉梢。
温清随细语，
勤作无牢骚。

早中晚餐好，
皆食红辣椒。
激润姣妹嫩，
永春粉颜俏。

二〇一〇年八月十五日
作于江西丰城

烦 与 乐

垂帘只愁激情少,

卷帘又烦风缭绕。

帘垂帘卷两全难,

无情无绪谁能晓。

卷帘无际白云飘,

垂帘银舱空姐娇。

帘卷帘垂两相宜,

盛景盛情心痴晓。

二〇一〇年八月卅一日

作于北京至南昌航班上

后 记

二〇一〇年八月卅一日,在东方航空公司MU5188航班上。窗外,蓝蓝的天空一望无际,朵朵白云似万絮飘逸;舱内,靓丽的空姐报以甜蜜的微笑,致以热情的服务。此景此情,令作者欣然拙笔,以抒愁喜之情——

天地间阴晴圆缺,

人世间悲欢离合;

几度愁烦,几度开怀;

日月轮回,永生致远……

思 故 乡

中秋明月光，
举杯邀赣江。
鄱阳湖畔丰城美①，
万家灯火亮。

嫦娥舒袖长，
孤寞与吴刚。
宜居上塘畅和苑②，
北眺思故乡。

二〇一〇年九月廿二日·中秋节
作于江西省丰城市上塘镇

注 释

① "丰城美"指景色优美的丰城处于赣江岸边、鄱阳湖畔。
② "畅和苑"指作者住宿于丰城市上塘镇畅和园大酒店。

畅和月圆
——贺畅和园大酒店茶楼开业大吉

月明登楼赏，亭台琴声长[①]。
举杯邀贵客，喉韵诗正当[②]。

歌甜舞悠扬，桂花酒更香。
三味至和畅[③]，众贤雅无疆。

二〇一〇年九月廿二日·中秋之夜
作于江西省丰城市上塘镇

注释

① "月明登楼赏，亭台琴声长"指中秋之夜在畅和园大酒店茶楼上赏明月、听古琴。

② "喉韵诗正当"指品茶吟诗，惬意幽雅正当时。

③ "三味至和畅"此指（畅和园大酒店）"禅茶三味"、"诗书三味"以及"餐饮三味"等三味文化内涵。

后记

在庚寅年中秋佳节之际，畅和园大酒店茶楼开业，品茶吟诗，雅趣幽长，故将此作赠与酒店以示祝贺。

别 违 章

司驾老鲍,

时常抢超。

违章拍照,

交警传票。

罚款照缴,

吾自苦笑。

日后注意,

各行其道。

二〇一〇年九月廿七日

作于北京

后 记

鲍女士驾车于八月廿七日在北四环万泉河桥内环驶入应急车道时行车违章。

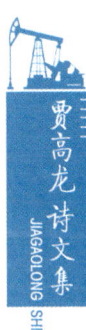

登滕王阁

洪都城头记滕王,
峥嵘楼阁几沧桑。
千古绝唱王勃序,
满目江山咏流芳。
渔舟唱晚江渚上,
西山叠翠倚穹苍。
鸾舞鸣秋闲云间,
释梦浮空自悠扬。

二〇一〇年十月廿二日
作于江西南昌滕王阁

后 记

  滕王阁乃江南三大名楼(岳阳楼、黄鹤楼、滕王阁)之一,位处山水绝美的赣江岸畔名城——南昌,其古称洪都,属洪州。唐王勃作《滕王阁序》脍炙人口,为传世佳作。

永 恒

丰城治水工作由于"封井止水之复杂,多方协调之艰难"进入了僵持局面,施工作业被拖入"持久战"。我们需要树立永恒不弃的信念,善于克服困难,最后一定会取得成功。

北国枫霜日渐冷,
江南柳荫天宜人。
久居丰矿治水涌,
不知何年别邑城①。

雁云千里悟明空,
帆影万般乘长风。
岁月如斯浪无尽,
长江东流唱永恒。

二〇一〇年十月三十日
作于江西丰城煤矿

注 释

① "邑城"即指丰城。其古称有富城、丰城、广丰、吴皋、富州等。丰城又称剑邑、剑城。

附

唱 永 恒
——奉和贾高龙先生新诗《永恒》

鄱阳湖畔赣江边，

奇山险峰总宜人。

滕王阁上流连处，

更念京都结发人。

蹉跎不改少时志，

流水难拂岁月尘。

云中又见北来雁，

星瀚灿烂唱永恒。

李宏先生和于北京

作者简介

李宏，格瑞克能源公司副总裁，山西柿庄南煤层气合作项目外方首席代表。

咏畅和风景线

绝 美
云闲西山叠翠，
凤舞畅和绝美。

醉 人
江上渔舟唱晚，
琴韵醉人引鸾。

登 巅
甘露润心田，
丽姿夫君贤。
婷玉人生路，
好运登山巅。

日 升
黎明霞光催日升，
花馨沁腑满堂庭。
美娴秀雅好心境，
人生富丽赛金凤。

竹 青
毛竹冬青不畏寒，丽松傲雪屹山巅。
娟娟佳妻郎君贤，牛斗情怀比长天。

韵 依
韵致敦子涵，依心皆称赞。
聪慧成巾帼，明志挑纲担。

二〇一〇年十一月二日
作于江西丰城畅和园大酒店

珠联璧合
——祝贺中国中煤集团与中国海洋石油总公司
扩资重组中联煤层气有限责任公司

中煤携手中海油,

珠联璧合闯九州。

顺应民意士气振,

激流勇进占潮头。

曾经坎坷岁月稠,

拼搏创业从未休。

尽览沧桑景色好,

华夏磅礴写春秋。

二〇一〇年十二月卅一日
作于北京中联大厦

后记

中联煤层气有限责任公司扩资重组之后,中海油总公司控股50%,今宣布以武卫锋总经理(法人代表)为首的新一届领导班子执掌中国煤层气龙头企业。中海油总公司"登陆"与中煤集团携手勘探开发煤层气资源,开创"新中联元年"新纪元。

柳林风水

——悼念马方明、阎海军二位同志

柳林山的风，
柳林河的水。
柳林县的电，
柳林城的梯。
让方明升上云天，
让海君坠入狱底。
这片神奇的土地让你悲泣，
这部断电的诡梯让我无泪。
远离柳林无情的龙城，
开辟吕梁崭新的天地。

二〇一一年一月十日
作于北京

后 记

二〇一一年一月十日上午九时，驻柳林龙城大酒店的中联煤层气公司项目部人员因电梯突然断电造成坠梯事故。

怀 友 情
——回挚友贺祚仁《感怀同事友情》

寒九聚首万龙洲，
热眶难舍情悠悠。
盅盅茅台牵肠过，
难解祚仁挂肚愁。
北漂十年岁月忧，
创业报国从未休。
六五花甲雄心有，
驭骥千里驰并州[①]。

二〇一一年一月十八日
作于北京万龙洲

注 释

① "并州"系山西太原的古称。

后 记

中海油总公司执掌中联煤层气公司后首施新政——六十五岁以上老同志不再续聘，贺祚仁先生在其列。贺老自二〇〇一年在山西煤田一四八地质队退休后进京为中联公司工作，今结束十年的北漂生涯将回太原，临行前在万龙洲欢送贺先生"告老还乡"。

德高望重
——赠德高望重的胡乃人先生

寒九聚首万龙洲,
热眶难舍情悠悠。
玉液茗饮沁心腑,
惟念胡老解金裘。
一生耕耘重操守,
衷心报国壮志酬。
致仕之年功德就,
激流勇退载千秋。

二〇一一年一月十八日
作于北京万龙洲

后 记

胡老自一九九九年一月在中石油集团退休后被聘请到中联公司工作至今十二年,主持编制了"中国煤层气资源开采产品分成合同"并获得国家商务部审查同意,形成了我国煤层气资源对外合作的法规性标准合同文本,为中国煤层气事业做出了贡献。

卜算子·咏春

金虎送冬归,
玉兔迎春到。
催红寒枝崖头傲,
花韵醉人俏。
俏语咏新春,
再把祝福报。
待到爆竹烂熳时,
阖家齐欢笑。

二〇一一年二月三日·农历辛卯年春节
作于北京

后 记

新春佳节,作者拜读毛泽东诗词"卜算子·咏梅"有感而发。

情系北美洲

春寒人暖北美洲，
华裔侨居寰无忧。
煤气之镇多酒铺①，
异国会友举步走。

芝加哥，摩天楼，
大湖码头泊军舟②。
金斯波特趣事久，
情系当年骑车游③。

二〇一一年二月二十八、三月五日
作于加拿大温哥华、美国田纳西州金斯波特

注 释

①"煤气之镇"即煤气镇（Gastown），位于温哥华市中心最古老的一区，因温哥华首任市长的绰号Gassy而得名。

②"大湖"是指美国北部五大湖区之一的密歇根湖；"泊军舟"指芝加哥海军码头停泊的军舰。

③"情系当年骑车游"指二〇〇六年七月十六日曾在金斯波特（KingSport）骑自行车郊游时遭淋大雨。

后 记

该团组（刘涛、徐丽、郭本广、贾高龙、莫日和、赵玉峰）于二月二十八日（农历正月廿六）抵加拿大温哥华，三月一日赴艾伯塔省考察煤层气开发现场，在零下二十三度的埃德蒙顿，冰天雪地，一尘不染。三月二日转机到美国芝加哥，这座被称为"美国超级市场"的大都市，奇丽建筑辉煌，夜晚灯火通明；还有密歇根湖畔的海军码头等名胜。次日抵田纳西州北部的金斯波特（KingSport）。五年前曾组团（傅小康、郭丙政、贾高龙、李明宅、周尚忠、黄晓明、赵玉峰、赵长举、杨秀春、高玲等）在此进行煤层气开发技术培训，课余骑自行车郊游时遭淋大雨，众人皆似"落汤鸡"，让人终生难忘。

北 美 行

——赠国家能源局刘主任和徐女士

孟春出访北美洲，寒气袭人孤寞稠。
埃德蒙顿油气府[①]，林比罕至雪地走[②]。
美利坚，技术优，开发新能举龙头[③]。
金斯波特煤层气[④]，鉴取真经话西游[⑤]。

二○一一年三月一日、三月八日
作于加拿大埃德蒙顿、美国华盛顿

注　释

①"埃德蒙顿油气府"指加拿大艾伯塔省（Alberta）盛产石油和煤层气，"埃德蒙顿"（Edmonton）是艾伯塔省的行政中心。

②指在白雪皑皑的林比（Rimbey）煤层气生产现场考察。

③"举龙头"指美国在新能源领域尤其在开发利用煤层气方面处于世界领先水平。

④"金斯波特煤层气"指在美国田纳西州北部的金斯波特（KingSport）考察煤层气开发生产现场。

⑤"真经"指美国开发利用煤层气资源的先进技术和经验。"话西游"指考察调研西方发达国家鼓励开发新能源的政策和措施。

悠悠岁月

阳春三月归绥道[①],
塞外青山黄沙飚[②]。
故乡情结依旧在,
惟念耄尊福寿高[③]。
岁月悠悠情未老,
共享人间春色好。
天地茫茫任你飞,
胸有鸿鹄万里遥。

二〇一一年三月十五日
作于内蒙古土默特

注　释

①"归绥"即呼和浩特的古称,民国时属绥远省。"归绥道"指回故乡的路上。

②"青山"指横贯内蒙古的阴山山脉,"黄沙飚"指沙尘暴。

③"耄尊"指作者的老父亲,"福寿高"即幸福长寿。

后　记

作者回故乡探望八十一岁高龄的父亲,看到老人体健、家庭和睦、小康有余,自感知足,感叹道:

人身随光阴老去,亲情与人生同在,
漫漫人生路,悠悠不了情……

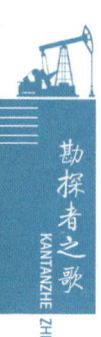

赏花仰先

桃花尽染植物园，玉兰怒放醉人颜。
红杏争艳映幽径，紫梅傲寒笑春天。

雪芹黄叶著名卷[①]，启超君子垂人间[②]。
陆平学仕爱中华[③]，敬慕先达才德贤。

二○一一年四月四日
作于北京香山植物园

注释

① 指文学巨匠曹雪芹俭居北京西山黄叶村著书《红楼梦》。

② "启超"即梁启超，中国近代史上著名的国学大师和政治家，戊戌维新运动领袖之一，其墓园位于香山植物园内。

③ 在一九三五年十二月爆发的"一二·九"抗日救亡运动中，北平学联在香山樱桃沟举行抗日夏令营，北平大学陆平同学和清华大学赵德尊同学刻写"保卫华北"石碑立于樱桃沟，以表达北平青年抗日救亡的坚定决心和必胜信念。

后记

农历辛卯年三月初二清明假期，举家到西郊踏青，正值北京植物园第二十三届桃花节——春不怡人人自怡，花不醉人人自醉。赏鲜花仰先人，野餐园中尽享大自然和谐而悠闲的美景。

七律·国色天香

牡丹绽放映洛阳,
国色无限漫天香。
冠奇斗艳沁肺腑,
游人染衣皆若狂。

赵粉豆绿呈吉祥[①],
自大称王数姚黄[②]。
沉香为后归魏紫[③],
华贵雍容笑群芳。

二〇一一年四月廿三日
作于河南洛阳

注 释

① "赵粉""豆绿""姚黄"与"魏紫"并列牡丹四大名贵品种。

② "姚黄"指姚家的千叶黄牡丹,被誉为牡丹花王。

③ "魏紫"指魏家的千叶肉红色牡丹,被誉为花后。

后 记

农历辛卯年三月廿一,正逢第二十九届中国洛阳牡丹文化节,游赏中国国花园——洛阳牡丹甲天下,春城无处不飞花。

五律·国色天香
——赠中联煤层气公司各位女士

贵客留春阳①,
倾城独幽香。
蕾开蕊吐霜,
吾汝若痴娘。

赵粉豆绿扬②,
花王归姚黄③。
魏紫沉香后④,
雍容笑群芳。

二〇一一年四月三十日
作于北京中联大厦

注 释

①"贵客"即牡丹的别称。中国名花还有梅花、菊花、山茶花等,其别名分别有清客、寿客、雅客之称。

②"赵粉"指出自清代赵家花园的粉红色牡丹。"豆绿"指珍稀的绿色牡丹,因其色呈豆绿、形似绣球而得名,与姚黄、魏紫、赵粉并列牡丹四大名贵品种。

③"姚黄"指产于唐朝贤相姚崇家的千叶黄牡丹,被誉为牡丹花王。诗赞:姚家育奇卉,绝品万花王。着意匀金粉,舒颜递异香。斜簪美人醉,尽绽一城狂。且倚春风里,遥思韵菊芳。

④"魏紫"据传出自五代洛阳魏仁溥宰相家的千叶紫红色牡丹,因花形似皇冠,被誉为花后。宋诗曰:姚魏从来洛下夸,千金不惜买繁华。

教子成龙

师徒以德教子涵,
理宁安邦大器男。
志昊天歌刘星辉,
前程似锦张介然。
张世琦,栋梁榦①,
云程君子朝纲担。
伟略雄才许炜涛,
朱美存智揽江山。

二〇一一年五月四日·青年节
作于北京

注 释

①栋梁榦（gàn）"原指栋梁中的主要部分,此指人才中的人才。

后 记

在五四青年节之际,祝师徒所育子女,将来长成大器。师傅长子贾理宁,大徒长女刘天歌,大徒之子刘星辉,二徒之子张介然,三徒之子张世琦,四徒之子姜云程,五徒之子许炜涛,幺徒之子朱美存。

扬 州 游

晴云下扬州,
玉膳醉斗酒[①]。
槛外漾波瘦西湖[②],
花堤染烟柳。
至筠兴邗楼[③],
月台尽可收。
莺歌燕笛吹绿竹,
叠石四季游[④]。

二〇一一年五月廿八日
作于江苏扬州

注 释

①"玉膳"指国家主席江泽民曾于二〇〇五年五月二日在

扬州古运河畔的冶春茶社就餐并题词。

②"瘦西湖"是位于扬州的国家重点风景名胜区，为我国湖上园林的代表。"天下西湖，三十有六"，惟扬州的西湖以其清秀婉丽的风姿独异诸湖，占得一个恰如其分的"瘦"字。

③"至筠"指清嘉庆、道光年间两淮盐商黄至筠，投巨资兴建私家园林——个园，园中以其修竹和假山相映成趣。"邗楼"指江南风格的园林建筑；"邗"音（hán），即扬州邗江。

④"四季"指个园的四季假山因堆叠的精巧而著名。园内翠竹繁茂，石笋参差，恰似"雨后春笋"寓意"春景"；用太湖石叠成的"夏山"似藕荷飘香，苍翠生凉；用黄山石叠成的"秋山"像古柏红枫，夕照如染；用石英石叠成的"冬景"幻释一只只雪狮似顽童戏雪。

后 记

农历辛卯年四月廿六，兴之所至，游赏扬州，在冶春茶社用御膳早茶，游瘦西湖，赏个园。扬州，一个景色秀丽的风景城，人文荟萃的文化城，历史悠久的博物城。

端阳抒情

端午节,纪屈原,香草美人贤[①]。

诗酒歌,映红脸,霓霞舞翩跹。

情似海,人似仙,潇洒走世界。

花儿美,碧水涟,日月彩云间。

万家颂,尽欢颜,辞祖修仁言。

华夏赋,咏楚天,九歌流千年。

二〇一一年六月六日·农历辛卯年五月初五

作于北京

注 释

① "香草美人"喻指忠君爱国的思想及忠贞贤良之士,出自屈原的《离骚》。"香草"隐喻贤臣,"美人"象征君臣朋友之谊。以屈原的创作为代表的《楚辞》为中国古代诗赋创立了以"香草美人"为中心的意象体系及其象喻修辞手法。

重游延安

重游肤施县[①],
穆仰宝塔山[②]。
岩穴万佛寺,
镇座清凉山。
枣园苍松占[③],
御屏凤凰山。
红色瑰宝地,
中华好江山。

二〇一一年七月一日
作于陕西延安

注 释

① "肤施"是延安的旧称。隋朝大业三年（607）设"肤施县"，明清称延安郡。相传释迦牟尼的曾孙尸毗选城北的太和山为修炼地，因"肤肉施恩"的故事而命此城为"肤施"，太和山也改名为清凉山。

② "宝塔山"是中国革命的摇篮和象征。宝塔山、清凉山、凤凰山三山环抱延安城，南川河与延河交汇于此，河水穿城而过，形成独特的地貌景观——中华圣地。

③ "枣园"曾是毛泽东等一代伟人在延安占居和革命的地方；"苍松"比喻中国革命一代伟人。

后　记

  在建党九十周年之际，重游革命圣地延安。一九四五年四月中国共产党第七次全国代表大会在延安杨家岭召开，确立了毛泽东、朱德、刘少奇、周恩来、任弼时等一代领导人地位。从此，在毛泽东思想的旗帜下，中国革命走向胜利。

仰 圣 人

孔子德冠曲阜城[①],
大成厚发根蒂深。
历代帝王文武师,
儒家仁道中华魂。
先觉先知仰大圣,
教垂万事以至诚。
吾通地学拙笔墨[②],
叹何未与此地生[③]?

二〇一一年七月十六日
(农历辛卯年六月十六日周六)
作于山东曲阜

注 释

①"孔子"春秋末期伟大的思想家、政治家、教育家和军事家,创立中国儒家文化,被称为"圣人""大成"等。

②"吾通地学拙笔墨"指作者一生从事地质勘探工作而不善文学。

③"叹何未与此地生"作者感叹自己才疏学浅,且与孔孟文化之乡疏缘。

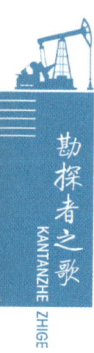

附

和

夜半惊雷起,
清晨雨自息。
八年同根生[①],
孰愿燃豆萁[②]。

二〇一一年七月廿一日
周鹏作于格瑞克公司

作者简介

周鹏,山西柿庄南合作项目外方首席代表。

注　释

①"八年同根生"指中联公司与格瑞克公司自二〇〇三年一月八日签订《山西柿庄南煤层气产品分成合同》至今已八年有余。

②"燃豆萁"与"同根生"源自三国曹植诗——煮豆燃豆萁,豆在釜中泣;本是同根生,相煎何太急。

和《和》

天常风雨激，
日翌见晨曦。
时有歧与争，
谋和求同弈。

二○一一年七月廿二日
贾高龙和于中联公司

作者简介

贾高龙，时任山西柿庄南合作项目中方首席代表。

后 记

中联煤层气公司与格瑞克能源公司于二○○三年一月八日签订了《山西柿庄南地区煤层气资源开采产品分成合同》，准备期至二○○七年十二月卅一日。从此双方合作分歧较大，四年来未召开一次项目联管会，双方首席代表均为之努力。

附

企

诚心两会意[①],

佳音企待回。

持烟望安外[②],

却饮茶伴灰。

二〇一一年七月廿二日

周鹏作于格瑞克公司

作者简介

周鹏,山西柿庄南合作项目外方首席代表。

注　释

① "两"指山西柿庄南合作项目中外双方首席代表。

② "安外"指中联煤层气公司,其地址为安外大街。

和《企》

天天企正意，
年复几轮回。
难解置度外，
志衡不可灰。

二〇一一年七月廿二日

贾高龙和于中联公司

附

潮　起

海上潮汐起，
涨落从未息。
千里宴席长，
聚散终有期。

二〇一一年七月廿三日
刘通作于中联大厦

作者简介

刘通，中联公司国际合作与勘探部项目主管。

潮　落

潮落潮又起，
涨消永不息。
万里漾波长，
萍水总有期。

二〇一一年七月廿三日
贾高龙次韵奉和刘通先生

潮落潮起
——赠格瑞克能源公司周鹏首席代表

柿南煤层气[①],

纷争尝五味。

感同烦中趣,

相峙各持理。

潮落潮又起,

涨消永不息。

漾波长万里,

萍水总有期[②]。

二〇一一年七月廿五日
作于中联公司

注 释

① "柿南煤层气"指山西柿庄南煤层气合作项目。

② "萍水"喻义合作。"萍"比喻外方合作者;"水"比喻中方即中联公司。

师徒冠花

——师傅给六位高徒冠以名花,以示其成正果

师徒德品炼,
众生修成仙。
大度乃苡蓉,
俩好似杜鹃。
三星耀牡丹,
四喜赛雪莲。
五福傲红梅,
六合冠玉兰。

二〇一一年八月五日
作于北京

渔家傲·牛郎与织女

——次韵奉和苏轼《渔家傲·七夕》

皎皎牛郎与织女，
迢迢天河两无语。
碧落日空涕洒暮，
孤独处，
寄梦芳心生云浦。

七夕相会泪如雨[①]，
月照鹊桥双情度。
纤手紧拥难舍户，
再盼取，
翌年乞巧许旧去。

二〇一一年八月六日·农历辛卯年七月初七
作于北京

注　释

①"七夕"每年农历七月初七为"七夕节"，也称"乞巧节"。

附

渔家傲·七夕

宋·苏轼

皎皎牵牛河汉女,
盈盈临水无由语。
望断碧云空日暮,
无寻处,
梦回芳草生春浦。

鸟散余花纷似雨,
汀洲苹老香风度。
明月多情来照户,
但揽取,
清光长送人归去。

作者简介

苏轼(公元1037—1101),字子瞻,号东坡居士,眉山(今四川省眉山县)人。宋仁宗嘉祐二年(公元1057)举进士。唐·韩愈、柳宗元、宋·欧阳修、苏洵、苏轼、苏辙、曾巩、王安石被称为唐宋八大家。苏轼在散文、诗歌、词等几个主要文学领域都有杰出的成就。

和《秋月》

秋雨淅沥难眠夜,
嫦娥舒袖舞云月。
吴刚执著别风情,
玉兔欢歌真谛洁。

二〇一一年八月十八日
和于北京

附
秋　月

秋雨淅沥绵一夜,
嫦娥凄凄云遮月。
吴刚折桂叹风情,
玉兔撒欢盼皎洁。

二〇一一年八月十八日
雪芹于北京

浮云随风飘

观天气度高,
乾坤同普照。
暮日晨又起,
浮云随风飘。

二〇一一年八月二十日
作于北京中联大厦

相离相依

绿萍生水衣,
借风向空起。
风平浪静时,
亲和总相依。

二〇一一年八月二十日
作于北京中联大厦

后 记

"合"意味着相依,"分"意味着相离。相依相离,相离相依,似潮起潮落——待到云开雾散时,再现风平浪静日。

附

中秋邀客

秋高气爽桂花开，
中秋佳节人自在。
香格里拉摆一桌[①]，
三才静待仙客来[②]。

二○一一年八月廿三日
周鹏作于北京

作者简介

周鹏，格瑞克公司山西柿庄南合作项目首席代表。

注　释

①"香格里拉"指北京香格里拉饭店。
②"三才"指格瑞克能源公司总裁、独立董事及副总裁；"仙客"指中联煤层气公司总经理、副总经理及随行。

中秋月圆

天高气爽万花开,
仙客正事会三才。
中联大厦共叙旧[①],
金秋月圆瞻未来。

二〇一一年八月廿三日
贾高龙和于北京

作者简介

贾高龙,中联煤层气公司山西柿庄南项目首席代表。

注 释

① "中联大厦"指中联煤层气有限责任公司。

后 记

格瑞克公司拟邀中联举办中秋宴会,由于种种原因双方未成行。

中秋云追月

秋雨蒙蒙沥京城,

滋心润物细无声。

静思勿忧勤远虑,

梧桐不老映秋深。

中秋良宵怡吾人,

云追明月见真情。

灯红酒醇团圆夜,

阖家融融享盛景。

二〇一一年九月十二日·农历辛卯年中秋节

作于北京

后 记

辛卯年中秋节的北京,细雨蒙蒙。中秋之夜,云追明月;阖家融融,畅饮真情。

"明君良臣"

——纪念勘探部横山堡、孙疃和昭通项目开工

中联煤,士气振,

"十二五",任务重①。

各部门,力心同,

摒特权,鼓干劲。

生产紧,激武总②,

维正道,气冠弘。

"明君"在,"良臣"挺,

聚忠义,朝政兴。

二〇一一年九月十六日

作于北京中联大厦

注 释

①"十二五"指中联煤层气有限责任公司为国家制定的2011—2015年煤层气发展五年规划。到二〇一五年末,中联公司将探明煤层气储量3000亿方,年产能达到50亿方,年产量实现40亿方。

②"武总"指中联煤层气公司武卫锋总经理。

后 记

中联煤层气公司于九月十六日签署宁夏横山堡、安徽孙疃和云南昭通项目现场租车合同,翌日勘探部的工作人员及车辆开赴现场,横2井于九月二十四日上午开钻。

灵璧奇石

天下奇石在灵璧[1]，
万般表形显画迷。
独藏深山牵你去[2]，
地造妙纹猜无期[3]。

顿发清痴诱君觅，
斗金唤得绝世琦[4]。
心石和韵润肺腑[5]，
情缘四时总相宜。

二○一一年十月一日
作于安徽宿州

注释

①"灵璧"指安徽省宿州市灵璧县，其境内特产天下第一奇石——灵璧石，其具有形奇、纹妙、色美、质精四特点，讲究皱、瘦、漏、透四形，尤以鱼沟镇白马山的灵璧石最为有名。因此，灵璧被誉为中国奇石之乡。

②"独藏深山"指灵璧石埋藏于大山深处；"你"泛指寻求奇石的人们。

③"地造妙纹"指在地质作用下形成的灵璧石纹理。"猜无期"意指对奇妙万幻的灵璧石纹理永远猜不透。

④"斗金唤得绝世琦"指作者不惜重金购得几尊灵璧奇石。"琦"原意美玉，此指灵璧石。

⑤"心石和韵"指人与石之间的和谐缘分。

西双版纳

西双版纳云上行[①],
长夏无冬四季青。
热带稀珍物万种,
蝶粉花红绣雨林。

傣家男女齐舒心,
水舞当歌传钟情[②]。
神奇乐土好自在,
梦回天堂摘斗星[③]。

二〇一一年十月十六日
作于云南西双版纳

注释

①"西双版纳"古代傣语意思是"理想而神奇的乐土"。傣语"西双"指十二,"版纳"是"一千亩"之意。"西双版纳"古称勐泐,明代隆庆四年(1570)将其划分为十二个版纳,即十二个提供征收赋役的行政单位,分别是景洪、勐养、勐龙、勐旺、勐海、勐混、勐阿、勐遮、定西、勐腊、勐捧、易武。

②"水舞"指泼水节,傣历新年六月十三至十五日(公历四月十三至十五日)举行的最盛大的节庆活动,泼水节也称"六月节"。

③"梦回天堂摘斗星"比喻西双版纳气候宜人,物种丰富,自然环境优美,幻似人间天堂。

格 瑞 克
—— 格瑞克公司晋城大本营开营仪式

格瑞克，合作难，
系外企，须规范。
煤层气，在枣园，
疏章法，独自干。
掷高薪，聘仕汉，
苦经营，保生产。
要开发，建管站，
走正道，有发展。

二〇一一年十月廿五日
于北京中联大厦

后 记

中联煤层气公司与格瑞克公司合作的柿庄南枣园煤层气开发项目，在执行过程中，外方未经中方及项目联管会的批准，单方施工，自行售气，双方合作存在分歧。二〇一一年十月二十五日格瑞克公司举行晋城大本营开营仪式，邀请中方代表参加被中联公司拒绝。

勘探者之歌
KANTANZHE ZHIGE

大美沙湖

沙海落天鉴①，俯首映君颜。
岸尾濒河套②，原头枕贺兰③。
槁苇水中站，飞鸟问渔船。
卧驼梦西夏，霞客痴心还④。

二〇一一年十月三十日
作于宁夏沙湖

注释

①"天鉴"寓意"沙湖"。"沙海落天鉴"比喻沙湖好像落嵌在沙漠之中的一面镜子。沙湖位于贺兰山东麓、黄河西岸，水域和沙漠总面积80多平方公里。赞沙湖美景，景致江南，南沙北湖，湖润金沙，沙抱翠湖，湖水清柔，柔沙似绸，绸波连天，天水一色。沙湖的美，美在沙水相融；沙湖的秀，秀在湖苇相映；沙湖的奇，奇在鸟飞鱼跃。她既有塞北之雄浑，又具江南之灵秀，是一处融江南水乡与大漠风光为一体的原始生态胜地，为国家5A级景区。

②"河套"指河套地区，即黄河"几"字形段与贺兰山、阴山山脉之狼山、乌拉山、大青山之间的地区，是河套文化的发源地。

③"贺兰"指鄂尔多斯西缘的贺兰山，宁夏与内蒙古阿拉善盟以此为界。

④"霞客"泛指地理学家、旅行家和探险家，此指作者及其一行。

圣诞大捷
——祝云南昭通煤层气勘探项目钻井工程顺利竣工

昭通度圣诞①，灯火亦驱寒②。

机声鸣昼夜，勘探战滇南。

三科钦督钻③，西贝踏矿山④。

齐心成大业，凯旋咫日还⑤。

二〇一一年十二月廿五日

作于云南昭通

注　释

① "昭通度圣诞"指在昭通勘探项目现场度过圣诞节。

② "灯火"本意指圣诞夜的灯火，此指勘探现场的灯光。

③ "三科"指张三科——高级地质师、钻井监督、笛子演奏家。

④ "西贝"即贾姓，此指作者；"踏矿山"意指亲临现场。

⑤ "凯旋咫日还"指昭通煤层气钻井即将完成凯旋而归。

勘探生涯三十载

——从事地质勘探工作三十年有感

地勘执业归故里[①]，
疆广煤厚见作为[②]。
鄂尔多斯矿产地，
野餐塬宿毅志磊。
屈伸有度几多回，
外耿内修无大威。
勘探生涯三十载，
工沉铭就金锤杯[③]。

题 记

　　尽览千条川，履踏万重山。平生事勘探，壮志亦悠然。作者一直从事地质勘探工作，足及内蒙古、山西、陕西、宁夏、安徽、江西、山东、河南、湖北、湖南、云南、贵州以及辽宁、黑龙江等。自一九八二年一月山西矿业学院毕业分配到内蒙古煤田一五三勘探队，历任地质项目负责人、勘探报告主编等，一九八七年晋升为煤田地质工程师。一九八九年至一九九二年驻东胜（内蒙古煤田一一七勘探队）负责国家一类地质研究项目《鄂尔多斯盆地聚煤规律及煤炭资源评价》内蒙古子课题，一九九三年代表内蒙古子课题赴西安参加项目汇总（该项目获煤炭部科学技术进步一等奖、国家科技进步二等奖）。一九九四年晋升为高级工程师，调入内蒙古煤田地质局，一九九六年任地质处负责人、副处长等职，同年八月参加第三十届国际地质大会并展讲论文。在内蒙古从事地勘工作近二十年。

二〇〇一年四月，进京就职于中联煤层气有限责任公司国际合作部，历任准格尔神府国际合作项目地质代表、神府自营项目经理、山西保德国际合作项目副首席代表、云南恩洪老厂国际合作项目首席代表、恩洪自营项目经理、山西柿庄南国际合作项目首席代表等。自二〇〇九年七月历任国际合作与勘探部副主任、勘探部主任工程师等职。至今，从事地质勘探工作三十年。

工作期间发表的专业论文主要有：《内蒙古准格尔煤田6号煤层孢粉组合时代划分及区内外对比》《内蒙古准格尔煤田石炭二叠纪分界》《内蒙古鄂尔多斯侏罗纪煤层聚积规律及找煤方向》《内蒙古东胜煤田延安组孢粉组合特征》《内蒙古煤炭经济可持续发展之路——煤层气开发与利用》《鄂尔多斯盆地东缘煤层气地质及勘探开发方向》《山西保德煤层气勘探新进展》《云南恩洪老厂煤层气地质特征及勘探开发策略》等。地质理论与实际的结合和相互验证，为勘探项目的成功奠定了坚实的基础。

二〇一二年一月一日
作于北京

注释

① "归故里"指大学毕业分配回故乡内蒙古工作。

② "疆广煤厚"指内蒙古地域辽阔、含煤范围广、煤炭资源极丰富。

③ "金锤"即地质锤，"金锤杯"指地质工作成就。

中联公司二〇一二年
团拜会贺辞

勘探者之歌

战地心生暖，
钻塔耸云端。
机声如歌鸣昼夜，
勘探征北南。

壮志踏山川，
热血驱严寒。
齐心报国成大业，
英雄今凯旋。

恭祝：公司各位领导、各部门、分公司及现在仍工作在前线的全体员工春节愉快，阖家欢乐，身体健康！

二〇一二年一月九日
作于北京

中联贺岁[1]

龙腾劝沽酒,千盏情悠悠。
安外十年度,探地显身手[2]。
殚竭心力注,登陆谱春秋[3]。
扬眉乾坤秀,新韵唱九州。

祝：中联公司,龙腾盛世,扬眉吐气！

二〇一二年一月廿三日·农历壬辰年正月初一
于北京

注　释

① "中联"即中联煤层气有限责任公司的简称。

② "安外十年度,探地显身手"此指作者在北京安外大街中联大厦从事煤层气勘探工作已十年有余,其业绩初见成效。

③ "殚竭心力注,登陆谱春秋"指作者一生倾心尽力地勘事业,正值中国海洋石油总公司"登陆"大力拓展煤层气产业之际,预示着煤层气开发前景无限光明。

思 念
——给呼和浩特老父亲和兄弟姐妹拜年

游子牵绥远①，

嘉铭度龙年②。

遥祝壬辰好，

千里情相连。

斗酒吐箴言③，

兴致称诗仙④。

父子亲情在，

永生俩思念。

祝：龙年族人，身体健康，家庭幸福，万事和意！

二○一二年一月廿三日·农历壬辰年春节

作于北京嘉铭园

注 释

①"游子"指作者；"绥远"即呼和浩特的古称，民国时属绥远省。

②"嘉铭"指作者北京的居所；"度龙年"过壬辰年春节。

③"斗酒吐箴言"指作者酒后劝父亲多保重身体，少操家庭琐事。

④"兴致称诗仙"指作者酒兴大发，自称"诗仙"，吟诗拜年。

安　徽　好

亳宿书画文武乡[①]，人杰地灵古名扬。
千年魏井无极水[②]，华夏酒源万里香。
歙砚徽墨浸文仿[③]，宣笔染纸绘皖疆[④]。
修行养心德品厚，弘儒仁道永流芳。

祝：宿州朋友龙年快乐，身体健康！

农历壬辰年春节
作于安徽宿州

注　释

①安徽在清初建省，取安庆与徽州两府首字得名，简称"皖"。皖北以亳（bó）州与宿州为代表被称为书法之乡、国画之乡、武术马戏之乡。作者因宿州煤层气勘探项目而经常前往宿州。

②"千年魏井无极水"指亳州北魏古井流淌的无极之水，井中清流千年不竭，取其水酿造的古井贡酒，被誉为中华酒源。

③皖南以徽州、歙（shè）县为代表成为国家历史文化名城，徽墨、歙砚、宣笔和宣纸为著名的文房四宝。"文仿"即文字。

④"皖疆"指安徽大地江明水秀，名山胜地，人文荟萃，历史厚重。

丽 江 美

玉龙邈瞰金沙江①,蓝月湖水映穹苍②。
大砚溪流四方街③,束河边寨歌悠扬④。
东巴圣地奉道场⑤,纳西土著米酒香⑥。
茶马古道纯情客⑦,景绝迷君驻丽疆⑧。

二〇一二年三月廿九日
作于云南丽江

注 释

①"玉龙"指玉龙雪山。玉龙雪山位于丽江古城之北,其主峰海拔5596米,是世界上北纬度最低、海拔最高的山峰。有13座山峰,峰峰终年积雪不化,白云缭绕,犹如一条矫健的玉龙横卧山巅,有一跃而入金沙江之势。

②"蓝月湖"位于玉龙雪山脚下的高原湖泊,湖水清澈湛蓝,岸畔植物分带明显,景色极为美丽壮观。"穹苍"即指蓝天。

③"大砚"指大研古城,是丽江古城的别称。丽江古城四周青山,坝内碧野,泉水萦回,形同碧玉大砚,故名"大研古城"。古城以四方街为基础,始建于宋末元初,古城环山抱水,建筑古朴,"三坊一照壁,四合五天井,走马转角楼"式的瓦屋楼代表了纳西民族独特的建筑风格。

④"束河"纳西语称"绍坞",意为"高峰之下的村寨"。束河古镇是茶马古道上保存完好的重要集镇,是世界文化遗产丽江古城的重要组成部分,入选"中国魅力

名镇"。

⑤"东巴圣地"指东巴教圣地玉水寨;"奉道场"指纳西族信奉东巴教。

⑥"纳西"指纳西族,当地的土著民族。纳西人为东巴文化的杰出代表。

⑦"茶马古道"是指存在于中国西南地区、以马帮为主要交通工具的民间国际商贸通道,是中国西南民族经济文化交流的走廊,是世界上自然风光最为壮观、文化最为神秘的一条人文精神超越之路。

⑧"驻丽疆"指由于丽江的美而臆想永久留在此地。"丽疆"泛指丽江地区。

珍 珠 婚

相守三十年[①],情缘寄心间。
世上多不易,苦尽甘甜连。
缱绻胜千言[②],金婚共瞻前[③]。
漫漫人生路,携扶惬步远。

二〇一二年五月一日
作于内蒙古土默特

注 释

① "相守三十年"指作者于一九八三年五月一日结婚,至今已步入婚姻的第三十个年头,表达了作者对幸福婚姻的珍视与向往。

② "缱绻"(qiǎn quǎn)形容感情好,难舍难分。

③ "金婚共瞻前"指作者与妻子将共同谱写金婚第二大典。

后 记

夫妻结婚十年称锡婚,二十年称瓷婚,廿五年称银婚(第一大典),三十年称珍珠婚,卅五年称碧玉婚,四十年称红宝石婚,卌五年称蓝宝石婚,五十年称金婚(第二大典),六十年称钻石婚。

附

邀"行者"

谈笑刹那过一载[①],
井场桑田两相猜。
中联若有合好日,
备酒无忘行者来[②]。

二〇一二年五月十七日
周鹏作于格瑞克公司

作者简介

周鹏,山西柿庄南合作项目外方首席代表。

注　释

①"过一载"指周鹏先生任柿庄南合作项目外方首席代表已一年。

②"行者"指中联煤层气公司柿庄南合作项目联管会人员。

答 周 鹏

柿南共合有九载[①],

钻井采气独自猜。

待到雾散云开日,

举杯相邀好运来。

二〇一二年五月十八日

贾高龙和于中联公司

作者简介

贾高龙,山西柿庄南合作项目中方首席代表。

注　释

①"有九载"指中联煤层气公司与格瑞克能源公司于二〇〇三年一月八日签订《山西柿庄南地区煤层气资源开采产品分成合同》至今有九年。

咏 绵 山
——赠科技创新企业家常锁亮博士

介子如松绣绵山[①]，栖贤幽谷一线天。
灵石奇峰何物也？花岗托起白云岩[②]。
水涛沟底五龙泉，十里峡长溪波涟。
回首观音抱腹寺[③]，金殿悬空彩云间。

二〇一二年六月三十日
作于山西绵山

注 释

① "介子"指春秋晋国大臣介子推，被后人尊为介子。因其携母隐居被焚于绵山而被民间广为传颂，寒食节也源于此。绵山是山西省重点风景名胜区，山光水色，文物胜迹，佛寺道观，集于一体，地处汾河之阴，距介休市区二十公里，距灵石县城仅十余公里，主峰最高海拔2566.6米。

② "花岗托起白云岩"指花岗岩侵入白云岩地层，"托起"指地质构造运动。绵山的岩壁为下古生界白云岩与石灰岩，在水涛沟见花岗岩侵入体。

③ "抱腹寺"即云峰寺，因建于抱腹岩内而得名，始建于三国曹魏时期。抱腹岩高六十余米，长一百八十余米，抱玉皇殿、空王殿、观音殿等二百多间殿宇于腹内，容数千年文明历史于其间，堪称"天下绝岩"。

泊郡大观

泊郡美景满庭芳[①],
兰布拉斯大广场[②]。
婵庭静思爱丽舍[③],
花香邻语八涧响[④]。
佛罗伦萨花谷赏[⑤],
淡泊宁静星梦廊[⑥]。
绿色童年特洛伊[⑦],
卡布里岛好时光[⑧]。

二〇一二年七月八日
作于北京

注 释

①"泊郡"指北京世华泊郡景观园区,雅称泊园。

②"兰布拉斯大广场"是借鉴西班牙巴塞罗那享誉世界的花街大道"兰布拉斯大街"而建的景观大广场。

③"婵庭静思"指静思婵庭院,其恰如《佛典》中的一方宁静天地:一沙一世界,一花一天堂。"爱丽舍"在古希腊即为乐园、福地,此指入园迎宾"爱丽舍之门"。

④"花香邻语"以不同花期、色彩各异的花卉环拥在楼宇四周。"八涧响"是指"八音涧响",即一处微缩的瀑布水景,流水从方台流下打击台阶发出动听的声响,宛若古书所云的"八音"。

⑤ "佛罗伦萨花谷"指泊园四季花景，其灵感源于著名的世界艺术之都、意大利的百花之城佛罗伦萨。泊园，将佛罗伦萨的灵气带到北京，进入泊园花谷，仿佛置身于花的海洋——

西府海棠吐春芳，
夏催紫薇四溢香，
石榴花秋齐争艳，
冬青傲寒绿意盎。

⑥ "淡泊宁静"是专门为老年人规划的一处健身休闲娱乐场所。"星梦廊"即指"星梦廊桥"，在兰布拉斯广场中央搭建的一道横跨虹桥，可以一览广场的所有美景。夜幕降临后，繁星点点，八音水声，草间灯光，好似一幅世外桃源景象。

⑦ "绿色童年"是为孩子们规划的一个充满趣味性的游乐城堡。"特洛伊"即指"特洛伊喷泉"，其灵感来源于希腊神话中的"特洛伊王子"的故事，故事中的特洛伊王子手持宝瓶，专门为天神宙斯斟酒，并化身为天空中美丽的宝瓶座。

"特洛伊喷泉"是入园的第一道景观——迎宾大道的起点，水从12个褐红色宝瓶瓶口汩汩而出，汇聚成一池涟漪荡漾的美景；迎宾大道两侧的12棵元宝枫仿佛仪仗队，在恭迎业主回家。

⑧ "卡布里"即指园中具有意大利别样风情的"卡布里时光"之景，在充满迷幻色彩的八角凉亭前的大纵深阶梯是茵茵绿草的天地，这些鲜活的绿植仿若在阶梯上舞蹈的精灵，将"卡布里岛"的悠闲雅致演绎得淋漓尽致。

锡林浩特颂
——赠内蒙古煤田地质局胡建华等诸位故知

锡林浩特塞外城[①]，昔日大汗驰纵横[②]。
今见绿茵接天际，白云当顶连毡篷[③]。

帐内各方话理真，项目验收硕果成。
举杯同庆游子醉，手足情深志昊空。

二〇一二年七月廿六日
作于内蒙古锡林浩特

注　释

①"锡林浩特"为蒙古语，意为"高原之城"，又译为"草原明珠"。

②"大汗"指成吉思汗，历史上杰出的政治家和军事家，他统一了蒙古各部，被誉为蒙古帝国的大汗。

③"毡篷"指蒙古包，是蒙古等游牧民族的传统民居，用厚羊毛毡制成的圆形凸顶房屋。其古称穹庐，又称毡帐、毡包等。

后　记

由内蒙古煤炭建设工程（集团）总公司施工完成的"陕西神府区块地震数据采集成果"验收会于2012年7月26日在锡林浩特召开，项目各方代表参加了会议。作者在锡市敖特尔蒙古晚宴上趁酒兴而吟。

达 里 湖
——赠神府地震勘探项目各方代表

达里湖水浅[①],
低头见青天。
岸端牛羊多,
无际牧草原。

雄鹰双翅展,
笑傲传远山。
四方品渔宴[②],
沁心致情渊。

二〇一二年七月廿七日
作于内蒙古达里湖

注 释

① "达里湖"亦称"达里诺尔湖"。"达里诺尔"是蒙古语,"达里"是"海"的意思,"诺尔"是"湖"的意思,译为"大海一样的湖"。达里湖位于内蒙古赤峰市克什克腾旗西部贡格尔草原的西南部,总面积约238平方公里,是内蒙古四大名湖之一,赤峰市最大的湖泊,属国家级自然保护区。

② "四方"指"陕西神府地震勘探"项目单位、采集单位、解释单位及监理单位之四方代表。作者游览美丽的达里湖,在午宴上有感而发,遂作此诗。

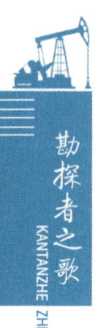

九华山[1]

九华天台金地藏,
老僧吟偈上炉香[2]。
封禅登殿清净地,
修德造化佛道扬。

大慈照崖指穹苍[3],
云海雾涛似飞霜。
猿啼凌壁惊宿鸟,
莲峰起舞秀风光。

二〇一二年九月十日
作于安徽九华山

注 释

[1] "九华山"位于安徽省池州市青阳县境内,西北隔长江与天柱山相望,东南越太平湖与黄山同辉,以天台峰、天柱峰、十王峰、莲花峰、罗汉峰、独秀峰、芙蓉峰、五老峰、伏虎峰最为雄伟,九峰形似莲花,故名。九华山与山西五台山、浙江普陀山、四川峨眉山并称为中国佛教四大名山,是地藏菩萨的道场,素有"莲花佛国"之称。

九华山主体由燕山期花岗岩构成,山势嶙峋嵯峨,山形峭拔凌空,共有99峰,其主峰十王峰海拔1342米。九华山主要景区有九子泉声、五溪山色、莲峰云海、平冈积雪、天台晓日、舒潭印月、闵园竹海、凤凰古松等;山间古刹林立,香烟缭绕，古木参天，灵秀幽静，有"东南第一山"之美称。

②"偈"（音jì）原指佛经中的唱词，此处泛指佛经。

③"大慈"出自佛教用语"大慈大悲"，形容人心肠慈善。慈：用爱护心给予众生以安乐；悲：用怜悯心解除众生之痛苦。"穹苍"即天空。

登三清山

三清叠翠花岗岩，
奇峰怪石云雾间。
巨蟒出洞迎霞客，
玉女开怀落紫烟。

道光蜃景朝九天，
司春女神姿如仙①。
天尊坐顶胜五岳，
丹炉造物惊世巅。

二〇一二年十月十八日
作于江西三清山

注 释

①"司春女神"是三清山标志性景观，其造型就像一位秀发披肩的少女端坐山巅，世人认为她是春天的化身，故称之为"司春女神"。其与"玉女开怀"一起成为三清山最浪漫、最生动、最经典的两座山峰。

后 记

三清山位于江西省上饶市境内,其主峰玉京峰海拔1819.9米,因玉京、玉虚、玉华三峰犹如道教所奉三位天尊(即玉清、上清、太清)列坐其巅,故名。三清山以自然山岳风光称绝,以道教人文景观为特色,自古享有"清绝尘嚣天下无双福地,高凌云汉江南第一仙峰"之殊誉。三清山集天地之秀,纳百川之灵,兼具泰山之雄伟、黄山之奇秀、华山之险峻、衡山之烟云、青城之清幽,以"绝"惊世。赞曰:"揽胜遍五岳,绝景在三清!"

三清山被列为世界自然遗产,其经历了14亿年的风雨沧桑,经元古代的晋宁运动、古生代奥陶纪末期的加里东运动、中生代燕山期的地质构造运动以及第四纪喜马拉雅期的造山运动,形成了举世无双的花岗岩峰林地貌,"奇峰怪石、古树名花、流泉飞瀑、云海雾涛"并称自然四绝。

试气成功

在神府项目TJ-01井试气成功之日，特作此诗赠中联煤层气公司武卫锋总经理，以示祝贺。

神府研探二六年[①]，驾驰沙场驻黄塬。
高坡深处炽红焰[②]，龙辰战地励志坚[③]。

君明百岁仁世间，武威疆场举良贤。
卫道执业山水涧[④]，锋镐直指白云巅。

二〇一二年十一月十五日
作于陕西府谷

注释

① "神府研探二六年"是指作者自2001年初开始勘探陕西省神（木）府（谷）区块煤系气资源至今已有12年，前六年地质研究，后六年钻井找气。作者时任项目经理。

② "红焰"指探井试气作业点燃的火炬。田家寨TJ-01井是2007年施工的煤系气探井，于2012年11月15日压裂试气成功，并获得工业气流。

③ "辰"是日月星的统称，此指昼夜时光。

④ "卫道"指卫护和治理企业的思想体系；"执业"系指执掌煤层气事业。

黄果树瀑布[①]

天宫泻银瀑,激起千层雾。
水帘洞中游[②],四处溅玑珠。
回首邀飞流,垂练挂空湫。
滂湃黄果树[③],懿缘何世留。

二〇一二年十二月三日
作于贵州黄果树

注 释

① "黄果树瀑布"位于贵州省安顺市镇宁县境内,以其雄奇壮阔而闻名于海内外,享有"中华第一瀑"之盛誉,是亚洲最大的瀑布,其周围分布着"雄""奇""险""秀"风格各异的九级十八瀑,形成一个庞大的瀑布"家族",被吉尼斯总部评为世界上最大的瀑布群,列入世界吉尼斯记录。

明代伟大的旅行家徐霞客考察大瀑布时赞叹道:"捣珠崩玉,飞沫反涌,如烟雾腾空,势甚雄伟;所谓'珠帘钩不卷,匹练挂遥峰',俱不足以拟其壮也,高峻数倍者有之,而从无此阔而大者。"

② "水帘洞中游"指黄果树大瀑布与水帘洞自然贯通,且能从洞内洞外听、观、摸的瀑布,也是世界上唯一可从上、下、前、后、左、右六个方位观赏的瀑布。

③ "滂湃"(pāng pài)形容(黄果树瀑布)水势浩大。

咏大山包

大山当枕头,蓝天咫尺摸敷。
高原做床铺,草甸如毯鹤舞。
雪融小溪流,陌野千里翠湖。
云梯峭壁陡,凭栏难望垂谷①。

二〇一二年十二月五日
作于云南昭通大山包

注 释

①"难望垂谷"指河谷陡而深不可及。大山包处于金沙江及其支流牛栏江畔,山高壁陡谷深,站在鸡公山上,向下看不到谷底。

后 记

大山包位于云南昭通西79公里处,地处云贵高原,海拔3100—3140米,是国家一级保护动物黑颈鹤的越冬栖息地。冬天临近,黑颈鹤如约而至,成群结队的黑颈鹤舞姿蹁跹、倩影婆娑;贫瘠美丽、空旷辽远的大山包,因为有了被誉为"鸟类熊猫"的稀有国宝黑颈鹤而变得更加令人神往。

当下的大山包,冰天雪地、玉宇琼花,一片冰清玉洁、晶莹剔透,幻似人间天堂。在鸡公山可以感受佛光仙境,到仙人田能领略"天当被,地做床"的草甸风光……

大山包为国家级自然保护区,2005年1月被列入国际重要湿地名录,是我国现有的国际重要湿地。

椰岛枫情

椰岛无冬夏[①],瑶池陪琼花。

银滩阳光洒,碧浪洗金沙。

巨石当云架,海角望天涯[②]。

南国枫情夜,日出映虹霞。

二〇一二年十二月二十日

作于海南三亚

注 释

①"椰岛":由于海南岛盛产椰子故名椰岛,又称琼崖。海南岛是中国南海上的一颗璀璨明珠,其面积3.4万平方公里,仅次于台湾岛居第二位,各种矿产资源、珍稀动植、海洋水产等十分丰富,其地形中部高、四周低,有五指山、万泉河等名山胜水。

②"海角望天涯"指令人神往的情侣圣地"天涯海角"。海岛最南端的三亚是著名的热带滨海风光旅游胜地,蓝天碧海,金沙银滩,椰影婆娑,以海中巨石"南天一柱""天涯海角"闻名于世。

媛 瑗[①]

张芙澳群蕾，
媛蓉洲芳美。
瑗品秀德心，
好相丽人随。

二〇一三年一月廿二日
贺于澳洲布里斯班

注 释

① "媛瑗"指美丽的玉，此处形容张媛瑗女士品貌兼优。

后 记

中联煤层气公司王楚峰、贾高龙、李鸿飞、莫日和、郭奕宏、张媛瑗、谢宁、江虹晓、许旺、李丹等一行十人团组于2013年1月19日，赴澳大利亚进行为期十天的"煤层气钻完井、控液压钻井、煤层气测井和生物煤层气勘探开发新技术"培训和昆士兰州黑水（Black Water）盆地煤层气开发现场考察。期间，恰逢张媛瑗女士生日，作者在其生日宴会上作诗祝贺。

道 同

奕心亮节优，宏赡多炼修[①]。
情深载铭记，缘厚万世留。
大度人长久，志昊瞻金秋。
道德融岁月，同舟真经求[②]。

二〇一三年一月廿六日
作于澳洲悉尼

注 释

① "宏赡"（hóng shàn）指学识丰富而有内涵。
② "真经"喻指澳大利亚开发利用煤层气资源的先进技术和经验。

后 记

中联煤层气公司组团于2013年1月19日，赴澳大利亚进行煤层气钻完井新技术培训和开发现场考察。此行结束前晚住悉尼奥运村（Novotel Sydney Olympic Park），迎窗凝望当年（2000.8.15—2000.10.1）的奥运主场馆有感而发，遂作此诗赠郭奕宏女士。

二〇一三年新春祝辞

扬煤吐气

子更钟声辞旧岁,
癸巳正日迎新年。
人人欢欣聚财气,
家家幸福多圣贤。
金龙居宫撰吉言,
银蛇出洞赞中联[①]。
扬煤吐气神州贺[②],
创业报国睍蓝天[③]。

二〇一三年二月十日·农历癸巳年正月初一
作于北京

注　释

①"中联"指中联煤层气有限责任公司。

②"扬煤吐气"指弘扬煤层气事业,祝贺中联公司煤层气商业化生产年产量将超过六亿方。"吐气"指产气。

③"睍"（xiàn）指阳光明媚、无污染。

龙 虎 山

霞锦龙虎山[①]，水净见道观[②]。
天师随仙鹤[③]，五斗米道传[④]。
岩峭不可攀，恋景君迷船。
举头云崖墓，谁解洞悬棺[⑤]。

二〇一三年二月十九日
作于江西龙虎山

注 释

①"龙虎山"位于江西省鹰潭市贵溪附近，是中国道教发源地，道教文化、碧水丹山和崖墓悬棺为其三绝。泸溪河两岸峰峦叠嶂，有九十九峰、二十四岩、仙岩、水岩、木葱笼等一百零八景，为中国第八处世界自然遗产、世界地质公园、国家自然文化双遗产地。

②"水净见道观"指龙虎山脚下的泸溪河清澈见底，水中可见寺庙的倒影。"道观"指道教的寺庙。

③ "天师随仙鹤"指道教创始人张道陵,本名张陵(公元34—156),字辅汉,东汉沛国丰邑(今江苏丰县)人,道教徒称之为张天师、祖天师、正一真人。传喻九十九条龙在龙虎山集结,山状若龙盘、似虎踞,龙虎争雄,势不相让;上清溪自东飘入,依山缓行,绕峦转峰,似小憩,似恋景,过滩呈白,遇潭现绿,或轻声雅语,或静心沉思;九十九峰二十四岩,尽取碧水之至柔,绕山转峰之溪水,纳九十九龙之阳刚,山丹水绿,灵性十足,不久被神灵相中,即差两仙鹤导引张道陵携弟子出入此山,炼丹修道;山神知觉系龙虎现身,故名。自后,龙虎山碧水丹山秀其外,道教文化美其中,居道教名山之首,被誉为道教第一仙境。

④ "五斗米道"是道教最早的一个派别,又称正一道、天师道、正一盟威之道。据史书记载,在东汉顺帝时期,由张道陵在蜀郡鹤鸣山(今四川成都市大邑县北)创立,凡入道者须出五斗米,故得此名,又称"米巫"、"米贼"、"米道"。

⑤ "悬棺"指龙虎山崖墓悬棺,距今已有2600余年的历史,是春秋战国时期古越人所葬。龙虎山悬棺数以百计,均镶嵌在仙水岩一带的悬崖峭壁之上。仙水岩诸峰峭拔陡险,岩脚下便是泸溪河,临水悬崖绝壁之上洞穴星罗棋布,或高或低,或大或小。悬棺其葬位离水面20—50米以上,高者达300余米。因这些洞穴高不可攀,至今龙虎山悬棺仍是一个不解之谜。

壶口瀑布

炎黄一梦五千年,秦晋同塬落两边①。
玉帝把壶降圣水②,金涛鸣鼓震九天③。
黄龙摆尾浊浪掀,悬壶倒倾吐云烟。
飞流入口吞五色,捣珠四溅刺破天。

二〇一三年五月一日
作于黄河壶口

注 释

①"秦晋同塬落两边"指黄河秦晋大峡谷两岸的陕西和山西同处黄土高原。
②"玉帝把壶降圣水"喻指"黄河之水天上来"。
③"金涛鸣鼓"此处指黄河壶口瀑布咆哮如雷。

后 记

壶口瀑布是黄河流域最大的瀑布,也是世界上最大的黄色瀑布。黄河至此,两岸石壁峭立,河口收束狭如壶口,形成"千里黄河一壶收"之势,她是伟大中华民族的象征。

赛 龙 舟[①]

——赠江西省煤田地质局普查综合大队友人

端阳赣水赛龙舟,擂鼓催人争上游。
搏流竞渡须合力,先达励士勇探求。
水悠悠,春满湖,云旗传承蒲芳留[②]。
荷包知心情似藕,艾蒿祝君壮志酬[③]。

农历癸巳年端午节

作于北京

注 释

① "赛龙舟"是端午节汉民族最重要的民俗活动之一,在中国南方很流行,在北方也有划旱龙舟的习惯。

② "云旗"原指端午节赛龙舟时所插的彩旗,此指端午节传统文化。"蒲芳"指菖蒲的香气,菖蒲是中国传统文化中可防疫驱邪的灵草,与兰花、水仙、菊花并称为"花草四雅"。

③ "艾蒿"指端午节所挂的艾叶和蒿草;"君"指江西煤田普查大队物测队友人。此处表达作者借节日习俗向友人祝愿以实现伟大志向。

后 记

农历五月初五为端午节,又称端阳节、午日节、五月节等,是中国汉民族纪念屈原的传统节日,有赛龙舟,佩荷包,挂菖蒲、艾叶、蒿草,吃粽子,喝雄黄酒的习俗。2009年9月30日端午节被列入世界非物质文化遗产名录。

神府大气

在神府项目SM-02井获得煤系气高产之日，欣喜作辞，赠中联煤层气公司武文来总经理，以示祝贺。

神府勘钻十三年[①]，
家驻黄塬步阵前。
高产气井即日见，
龙居深山传嘉言。

师表万世爱良贤，
武览九州把中联[②]。
文德治业大境界，
来日登顶凯歌旋。

二〇一三年九月廿五日
作于陕西神木

注　释

①"神府勘钻十三年"是指作者自2001年初开始勘探陕西省神（木）府（谷）区块煤系气资源至今已有13年，SM-02井是迄今发现的第一口高产气井。从此，神府项目拉开了"三气共采"的序幕。作者时任项目经理。

②"把中联"指2013年2月中国海洋石油总公司控股（70%）中联煤层气公司，又挂牌"中海石油（中国）有限公司非常规油气分公司"。

元阳梯田

哈尼千层田[①],水驻高山巅[②]。
君子画中醉,淑女梦天仙。
魂随雾飞旋,鹇歌缭云间[③]。
吾生似霞客[④],笑览七彩原。

二〇一四年四月三十日
作于云南元阳

注 释

① "哈尼千层田"指云南红河哈尼梯田。元阳梯田处于其核心区,她是哈尼人千百年来在哀牢山雕刻出来的惊世之作,她像一幅美丽的图画,在四季里变幻出不同的色彩。日出时,红霞满天,云雾滚动,竹影婆娑,满山的梯田,波光粼粼,金灿灿、亮闪闪,好似一架架直上云霄的天梯;日落时,晚霞映照千山万壑,如诗如画,堪称世界一绝。哈尼梯田成为"大地雕塑"的最高典范,被列入世界文化遗产。

② "水驻高山巅"指山有多高,梯田就有多高,水就有多高。

③ "鹇"(xián)指云南红河州州鸟白鹇,这种鸟被哈尼族人视为吉祥鸟。

④ "霞客"指明代徐霞客(1587—1641),地理学家、旅行家、探险家。

登云台山[1]

云台红石峡[2]，幽瀑落飞花。
涧流拍赤壁，清潭泛竹筏。
九龙系丹霞[3]，茱萸峭天崖[4]。
我本太行客[5]，俯瞰云中塔。

二〇一四年六月廿六日
作于河南云台山

注 释

①云台山位于河南省修武县境内，以独具特色的"北方岩溶地貌"被列入首批世界地质公园名录。区内峰林峡谷，山高水秀，风景宜人，有红石峡、泉瀑峡、潭瀑峡、子房湖、万善寺、百家岩、仙苑、圣顶、叠彩洞等地质景观，其中云台瀑布为亚洲落差最大的瀑布。云台山与美国科罗拉多大峡谷结为姐妹公园。

云台山在震旦纪至奥陶纪造山运动期，地貌发生了沧桑变化；经中生代燕山期构造运动，北部上升成高山，南部下降为平原；在新生代喜玛拉雅造山运动影响下，形成深陡峡谷；后经地表水和地下水对岩石的溶蚀和风化，形成"嶂石岩地貌"景观。

②"云台红石峡"指云台山红石

峡，整个峡谷由红岩崖壁（元古界蓟县系云梦山组红色石英砂岩）构成，由于峡壁通体呈赤红色，故名。峡谷内夏日凉爽宜人，隆冬苔卉莳翠，有九龙溪、幽瀑、穿石洞、相吻石、双狮汲水、孔雀开屏、棋盘山等地质景观。

③"九龙"指九龙溪——白龙潭、黄龙潭、青龙潭、黑龙潭、卧龙潭、眠龙潭、醒龙潭、子龙潭、游龙潭。"丹霞"指赤红色的岩壁。

④"茱萸峭天崖"此指云台山主峰——茱萸峰，海拔1308米，山顶有真武庙。

⑤"太行"指晋冀豫交界处的太行山，云台山处于太行山山脉的南端。

茱萸峰与真武庙

空崖如削漫云烟，幽峡千尺一线天。
蟠龙戏水叹绝壁，凤蝶轻舞碧潭边。

真武修道茱萸巅①，信徒步梯叩求缘。
竹林七贤隐居地②，名士品端传世间。

二〇一四年六月廿六日
作于河南云台山

注　释

①"真武"指道教真武祖师，云台山圣顶茱萸峰为其修道地。茱萸峰顶建有一座真武庙，其下是在云海雾波之中的天桥和二百七十余级云梯。千百年来，云台山作为道教真武祖师的发源圣地名闻遐迩，与湖北的武当山南岩遥相呼应。云台山一带民间流传着许多真武在此苦志修行、惩恶扬善的神话传说故事。

②"竹林七贤"指魏晋时期嵇康、阮籍、山涛、向秀、阮咸、王戎、刘伶七位名士。他们是中国历史上一个独特的贤哲群体，其人生态度和处世方式、个性精神和人生追求，对当时的社会和世风，对魏晋文化的形成，对其后的文士阶层，乃至对整个中国文化都产生了深远的影响，是中国山水园林文化的鼻祖。竹林七贤在云台山活动长达廿余年之久，其高情雅致不仅是后世文人的榜样，其山水审美观也对中国园林从宫廷走向大自然起到了承前启后的作用。

泊郡四季[1]
——赞北京世华泊郡景观园

牡丹开，藤上墙，
西府海棠吐春芳。
睡莲醒，荷苞放，
夏催紫薇四溢香。
金橘圆，黄菊长，
石榴花秋紫气爽。
红梅艳，染雪岗，
冬青傲寒绿意盎。

二〇一四年七月十八日
作于北京

注　释

①"泊郡四季"指北京世华泊郡景观园区四季花香。泊园内花香邻语，以不同花期、色彩各异的花卉环拥在楼宇四周，仿佛置身于花的海洋。

勘探豪杰
——赠中联煤层气公司勘探部全体成员

勘探多大象[①],沁水数建光[②]。
首任本广隽[③],三科文化王[④]。
吴见孙新阳[⑤],赵军卫禹强[⑥]。
张博秦硕士[⑦],卧龙老叶黄[⑧]。

二〇一四年八月八日
作于北京中联大厦

注　释

① "大象"比喻中国煤层气勘探开发专家级人物。
② "沁水数建光"指山西沁水煤层气田勘探开发先行者

吴建光博士，曾任中联公司勘探部主任、中联晋城分公司总经理，现任中联公司副总经理，中国煤层气勘探开发"大象"级人物。

③"首任本广隽"指勘探部首届主任郭本广，现任公司副总经理；"隽"（jùn）意指才智超群的人。

④"三科文化王"指资深专家张三科、王文化二位高级地质师。

⑤"吴见孙新阳"指部署主管吴见硕士、勘探部副主任孙新阳硕士。

⑥"赵军卫禹强"指勘探部副主任赵军博士、项目主管赵卫硕士、综合主管禹一然留洋学士、物探主管孙强硕士。

⑦"张博秦硕士"指高级主管张平博士、勘探主管秦绍锋硕士。

⑧"卧龙"指勘探部主任工程师贾高龙先生，拟任外围项目部总经理；"老叶"指总经理助理兼勘探部主任叶建平博士，中国煤层气学术界的"大象"级人物；"黄"指评价主管黄晓明博士。

外围项目经理部

中联外围经理部，
执掌五省九项目[1]。
湖北黄石新下陆，
河南焦作君莫愁。
山东聊城到阳谷，
安徽宿州孙疃留[2]。
云南恩洪昭通厚[3]，
老厂回归有前途[4]。

二〇一四年十月十三日
作于北京中联大厦

注释

[1]中联〔2014〕117号文件"关于成立中联煤层气有限责任公司外围项目经理部的通知"，明确本部负责九个区块，即湖北黄石、袁仓南湖、新下陆区块，河南焦作区块，山东阳谷茌平区块，安徽宿州区块孙疃区，云南恩洪、昭通、老厂区块。九区块面积合计2332平方公里。

[2]"孙疃留"指安徽宿州区块东部区与英发能源公司合作，西部孙疃区留作自营勘探。

[3]"昭通厚"指云南昭通区块的煤层厚度巨大，单层厚度大于百米。

[4]"老厂回归"指云南老厂区块与远东能源公司合作已结束，将回归中联公司自营勘探。

卑 职 悦
——中联煤层气公司外围项目经理部成立

甲午年仲，机构重分[①]，
中联圆梦，依仗诸神[②]。
久闻其声，今见旨文[③]，
半载空悦，卑职柄恒[④]。

二〇一四年十月十三日
作于北京中联大厦

注 释

① "机构重分"指中联煤层气公司进行机构（部门）调整。

② "中联圆梦"指实现中联梦——"十三五"末实现煤层气累计探明储量6000亿方和年产能100亿方的目标。"诸神"指中联公司诸位领导、各位中层干部以及全体员工。

③ "旨文"是指中联〔2014〕118号文"关于贾高龙等职务任免的通知"，贾高龙任外围项目经理部经理。

④ "卑职柄恒"指作者新任外围项目部经理职级依旧。

出　师　表

旭日红霞，帅旗高挂，
战鼓击仨，外围征伐。
秦少得他①，日和佐贾②，
三科鹤发③，再召众雅④。
老将出马，一个顶俩，
找矿大侠，足迹天涯。
春旱风刮，夏雨泥跋，
秋露霜下，冬雪飞洒。
荒原驻扎，高山攀爬，
壑川勘踏，艰险何怕。
探井丛打，储量先拿⑤，
五载拼搏，德胜开发⑥。

二〇一五年元月一日
作于北京中联大厦

注　释

①"秦少得他"指秦绍锋硕士未选择外围项目部而赴中联晋城分公司任职。

②"日和佐贾"此寓天时、地利、人和助我（贾）成功；又指莫日和任外围项目部副经理，辅佐贾高龙经理工作。

③"三科鹤发"指张三科资深老专家在现场认真工作。

④"再召众雅"指召唤赖文奇博士、袁燊硕士等各位勘探将才雅士为本部工作。

⑤"探井丛打，储量先拿"指钻探丛式井组并获得煤层气探明储量，实现外围区块勘探开发新突破。

⑥"五载拼搏，德胜开发"指中联公司作为中海油总公司的全资子公司拼搏五年，将成为我国煤层气产业的龙头企业。

上图：中联煤层气公司与美中能源公司合作项目潘庄1号集气站

北国之行

腊月冬日照鹤岗,
千里冰封万物藏。
皑雪无边连天际,
银树垂挂松花江。
岸畔土沃米粮仓,
华鹤青楼制肥忙[①]。
褐煤摇身变尿素[②],
百晶润泽北大荒。

二〇一五年二月十一日·农历甲午年腊月廿三日
作于黑龙江鹤岗

注　释

① "华鹤青楼"指中海石油华鹤煤化有限公司,其基地在鹤岗。

② "尿素"又称碳酰胺,是一种呈白色晶体的中性氮肥。此指用褐色的气煤化工合成大粒尿素,用作农田高效肥料。

二〇一五年新春贺辞

三阳开泰

八骏归途辞征尘，
三羊开泰万象新。
红霞东升普天庆，
紫气西来润我心①。
烃矿睡床亿年寝②，
唤醒储藏得斗金。
地宝物华不言罄，
千载风流自古今。

二〇一五年二月十九日·农历乙未年春节
作于北京

注　释

①"紫气西来"喻指中联公司2014年煤层气产量超过8亿方。

②"烃矿"是指储存于地层中的天然气、煤层气及页岩气。烃是指含有碳和氢的有机化合物，也叫碳氢化合物。通常所说的烃类气体指的是甲烷、乙烷、丙烷、乙烯、丙烯、乙炔、丙炔等。

反腐倡廉

三严三实唱廉忙[①],
四警四省细考量[②]。
修心律己品节尚,
秉权为公正道长。
谋事在人础基夯,
成事在朝百业强。
理政治国兴华夏,
恭期党赤傲东方[③]。

二〇一五年五月十二日
(农历乙未年三月廿四日)
作于北京中联大厦

注　释

①"三严三实":习近平总书记在参加十二届全国人大二次会议安徽代表团审议时指出,各级领导干部都要"既严以修身、严以用权、严以律己,又谋事要实、创业要实、做人要实"。

②"四警四省",指在党风廉政建设和反腐败斗争中提出的"反对形式主义、官僚主义、享乐主义,反对奢靡之风"。

③"党"此指中国共产党;"赤"即红色,喻指忠诚、纯粹。

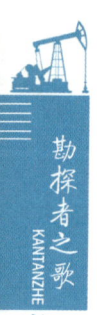

孝 为 先
——为纪念父母亲的勤奋一生而作

儿女尽孝情常在，父母音容难忘怀；
一生勤耕终离去，细思心酸痛自来。
幺妹诚信仁义在，长兄花甲显钝呆；
贤德光前又裕后，胸怀大同瞻未来。

二〇一五年五月十八日
作于内蒙古土默特左旗西柜

后 记

　　作者为纪念父母亲任劳任怨和勤奋自强的一生作此诗。父亲生于公元1930年8月27日即农历庚午年七月初四，逝于2015年5月12日即农历乙未年三月廿四，享年85岁；母亲生于1935年即农历乙亥年，病故于1988年1月1日即农历丁卯年十一月十二，终年53岁。（作者注：母亲于1937年随生父从南方某省逃荒到内蒙古土默特旗察素齐镇，作者祖父救济其二斗谷米，母亲成为家父的童养媳并随贾姓。母亲原姓氏不详，出生月日不详）引慈禧的诗："世间爹妈情最真，泪血溶入儿女身。殚竭心力终为子，可怜天下父母心。"

刘氏涵好

刘皇先祖持汉政[①],世代子民德仁心。
涵华扬善福缘至,好景无限看当今。

先达创业瀚功铭,后生可畏誉麒麟[②]。
康庄正道通天际,健步修身人常青。

二〇一五年八月十六日
作于北京

注 释

① "刘皇先祖持汉政"指刘氏皇族持政的中国汉王朝,从西汉皇刘邦至东汉皇刘协持政426年(公元前206—公元220年)。

② "麒麟"是古代传说中的一种祥瑞神兽,此处比喻杰出人才。

后 记

中联煤层气公司原国际合作部主管领导、四届主任及其同事相聚北京淮扬府,恰逢刘涵女士生日,席间应涵之邀,赋诗一首以共勉。

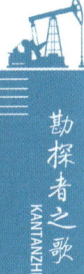

歼日寇，扬国威
——纪念抗日战争暨世界反法西斯战争胜利70周年

卢沟桥畔烽火起[①]，倭寇铁蹄妇孺欺。

志士同忾滔天罪，军民八路斩顽敌。

先驱浴血染大地，后生不息举红旗。

三军维和捍盛世，赤色治政扬国威[②]。

二〇一五年九月三日

作于北京

注 释

①"卢沟桥畔烽火起"指"卢沟桥事变"，即震惊中外的"七七事变"。1937年7月7日是日本帝国主义全面侵华战争的开始，也是中华民族进行全面抗战的起点。中国人民经过八年艰苦抗战，于1945年8月15日取得抗日战争的伟大胜利。

②为纪念抗日战争暨世界反法西斯战争胜利70周年，2015年9月3日在北京天安门广场举行了盛大的阅兵式，有老兵、陆海空三军和外军共67个方队约1.2万人受阅，其规模空前。

崂山·海上名山第一

岛青水中山,崂峰入云端[1]。
登顶望东海,西瞰胶州湾。
仙岭八道观,玖宫九水澜。
先师修行地[2],长生炼仁丹[3]。

二〇一五年九月十五日
作于山东崂山

注 释

①"崂峰"指崂山主峰,也称"崂顶"。位于山东青岛市东郊之崂山于海边拔地而起,高大雄伟,海拔1132.7米,是中国海岸线第一高峰;其山海相连,山光海色,名泉胜水,是我国的道教名山。

②"先师修行地"指道教先人邱长春、张三丰等修道的地方。

③"丹"原指道家多用朱砂炼药,此指道教士修道炼丹。

后 记

二〇一五年九月十六日,由中国煤炭学会煤层气专业委员会主办、中联煤层气公司承办的全国煤层气学术研讨会在山东青岛崂山脚下召开,作者为会议介绍了云南恩洪老厂项目新的勘探思路与开发策略,业界学者专家为煤层气事业之技术创新以及勘探开发生产献计献策,希望中国的煤层气产业像崂山一样崛起于大海之滨,异军苍头特起,成为新能源非常规气领域第一高峰。

崂山峭，景无限

昊海无倚生峭岩，

崂峰似剑插云天。

轻风催人欲飞去，

驾雾登顶岚敷面。

拾峒九水幽峡涧，

清泉穿石碧溪涟。

百雀嘤歌万物醉，

拂袖拜庭君成仙。

二〇一五年九月十七日

作于山东青岛

后　记

作者登崂山后欣喜万分，遂作此诗赞美之。

赞 中 联

煤层气，景无限，

乌金化作大气田。

万家吐焰九州贺，

烃泽桑梓赞中联。

二〇一五年九月十七日

作于山东青岛

后 记

2015年9月17日，青岛全国煤层气学术研讨会圆满结束。有237名代表和论文作者参加会议，本次共征集优选学术论文51篇，大会特邀专题报告13个，学术论文交流16篇，专家组评选出优秀论文8篇，取得了预期成果。

国之栋梁

王者风范呈尚品,
国之才隽德修心。
栋隆无量承万世,
梁正举善载当今。
大智若愚揣怀隐,
有得勿失气象新。
作勤任怨赢仕誉,
为公无限与子民。

二〇一五年十月一日·国庆节
作于北京中联大厦

登司马台长城

渊起蛟龙拂云彩,
虎踞悬岭司马台①。
将军摇旗镇关隘②,
仙女挺秀蒂莲开③。
古北水城仰星海④,
池中皎月映亭台。
湖畔幽径似玉带,
仙境信步尽舒怀。

二〇一五年十一月六日
作于北京密云司马台、古北水镇

注 释

①"渊起蛟龙拂云彩,虎踞悬岭司马台"喻指司马台长城犹如一条巨龙,从峡谷之底的湖水中腾空飞起,直指云端,雄踞群山之巅。

②"将军摇旗镇关隘"指司马台长城著名的敌楼"将军楼",其视野开阔,控扼险要,自古就是长城防御的重要指挥阵地,故名。

③"仙女挺秀蒂莲开"指司马台长城东线的第15座敌楼"仙女楼",其建筑精美,汉白玉拱门上刻有并蒂莲花浮雕,她高高挺立、宛若仙女玉立在峻岭之巅。"蒂莲开"喻指仙女与放羊倌恋爱的美丽传说。

④"古北水城"指司马台山水国际旅游度假区——古北水镇。

后 记

　　司马台长城位于北京密云东北部的古北口镇境内,始建于明·洪武初年(1368),又经蓟镇总兵戚继光和总督谭伦加修。这段长城被誉为"世界人类优秀文化遗产",其最高的敌楼——望京楼,似欲腾空而起,耸立在老虎山顶峰,海拔986米,素有"北京文物制高点"之称。登上望京楼,西览万里长城巍巍雄姿,东观雾灵积雪、蟠龙卧虎,北望燕山叠翠、塞外风情,南眺水库明珠、壮丽关山;在夜晚可遐瞰京城万家灯火(故名望京楼)。六方峥嵘气象,尽收眼底,令人目开胸阔。

战 滇 寒
——祝贺云南恩洪勘探项目EH-C6钻井开工

勘探踏红壤[①],

捃财助前郎[②]。

塔耸扶云帐,

机声绕山梁。

钻旋得宝藏,

问地走四方[③]。

滇黔冬月冷[④],

胸暖气傲霜。

二〇一五年十二月卅一日

作于云南富源县营上镇

注 释

① "红壤"即红土,此指滇东红土高原,即恩洪煤层气勘探之地域。

② "捃(jùn)财"原指拾取钱财,此处指后勤保障;"前郎"指勘探前线的将士。

③ "问地"喻指试问大地有何矿藏,此泛指地质勘探工作。

④ "滇黔"指云南与贵州交界地区即项目现场;"冬月"指农历十一月。

后 记

　　云南恩洪煤层气勘探项目2015年计划钻3口参数井，2月完成井位建议书，3月进行了井位现场踏勘工作，4月提交地质设计，5月审定钻井设计，6月签订钻前工程合同，7月国土资源部颁发新的勘查许可证，随即在地方政府有关部门办理准入手续，11月富源县国土资源局发开工通知，随后完成井场及道路的测量征地、修路平场等钻前工作，于12月4日签订钻井合同。勘探工程由中联煤层气公司外围项目经理部负责组织与管理，工程准入与钻前工作、钻井、录井、测井、取芯测试以及监理等各方顺序作业，密切配合，克服天气阴雨寒冷等困难，为实现勘探目标开始了紧张有序的现场工作。

金猴迎春
——喜迎中联煤层气有限责任公司成立20周年

昨日短信收，工资入账户。
明细表如数，婆姨有要求。
零钱少许留，万事君无忧。
考核依制度，按月发薪酬。

今朝喜讯有，奖金揣已兜。
若为自由故，私房钱须留。
上班岗位守，假日齐整休。
三阳迎金猴，新春顺意如。

二〇一六年二月五日·农历乙未年腊月廿七
作于北京中联大厦

后 记

公司按四个季度考核员工，按月发薪，春节前发年奖。

祝　福[1]

年夜斗酒作赋，

惟念净思心书。

胸臆积沉时，

金骏茗眉解忧。

一曲催晨梦，

箫声荡游仙处。

二曲唤春醒，

百花含笑香扑。

三曲怡愿如，

人和万物皆舒。

祝福！

祝福！

二〇一六年二月八日·农历丙申年春节

作于北京

注　释

[1] "祝福"祝中联公司2015年煤层气产量超过10亿方。

中山站怀旧
——纪念中国南极中山站建站27周年

重回南极站楼久①,多少豪杰情悠悠。
南山坡上罐斑锈,国粹京韵脸谱留。
望京岛边石碑竖,拂袖寄语告故友。
二十七载弹指去,今日中山站风流。

二〇一六年二月廿六日
李果于南极中山站,修改

注 释

① "站楼久"此指中国南极中山站建成于一九八九年二月廿六日。

李果,一九五六年五月生,北京人。一九八二年一月毕业于山西矿业学院地质系煤田地质及勘探专业。曾工作于原国家南极考察委员会办公室、国家海洋局极地考察办公室,先后七次赴南极、四次赴北极考察。历任中国南极长城站站长、中山站站长,北极黄河站站长。

忆水峪贯
——赠山西矿业学院地质系煤勘七七级全班同学

眷恋水峪贯，辰登狐堰山[①]。

碧潭溪流涧，懿情挂前川。

云追月儿弯，青涩映天蓝。

水长践习短，鸿昊双翅展。

往惜卅六年[②]，如梦弹指间。

暮颜戎甲解，众生乐修仙。

二〇一六年二月廿八日

作于北京

注 释

①"水峪贯"位于山西省交城县，是山西矿院地质专业生实习基地；"狐堰山"位于吕梁山中段，为关帝山—狐堰山国家森林保护区。

②"往惜卅六年"指一九八〇年夏在水峪贯实习至今已有三十六年。

硕果累累
——赏田园同学新作画展

暮习丹青照秋葵，
浓彩淡墨妙生辉。
国色花香君子醉，
两只黄鹂又飞回。
葡萄树下斗酒杯，
硕果满枝青藤垂。
御园风采化春蕊，
相伴山水不思归。

二〇一六年三月八日
作于北京

画作者简介

田园，一九五二年二月生，河北人。一九八二年一月毕业于山西矿业学院地质系煤田地质及勘探专业。工作于煤炭信息研究院，现已退休。业余书画爱好者。

勘探者之歌
KANTANZHE ZHIGE

风雨兼程二十年
——中联煤层气有限责任公司成立20周年

丙子纪元年，尚书令中联[①]。
国兴煤层气，鼎立新能源[②]。
使命扛在肩，博力拓路前。
沿途多坎坷[③]，创业道修远。
研发勘钻先，探地气藏圈。
秦晋管站建，量产呈状元。
华夏皆仁杰，纳贤齐奉献。
握举金箍棒，壮志冲云天[④]。

二〇一六年三月三十日
作于北京中联大厦

注　释

①"丙子纪元年，尚书令中联"指农历丙子年即1996年3月30日，总理提名、国务院下发"国函〔1996〕23号"文批准成立"中联煤层气有限责任公司"，标志着"中联元年"的开始。

②"鼎立新能源"指原

煤炭部、地矿部、中国石油天然气总公司共同出资一亿元注册新能源企业——中联煤层气有限责任公司。

③"沿途多坎坷"指随着国家机构改革的进程，中联煤层气公司分别于1999年3月、2003年7月、2006年3月、2008年11月、2010年12月、2013年2月、2014年12月经历了七次重大股权调整，现为中国海洋石油总公司的全资子公司。

④"握举金箍棒，壮志冲云天"指大干金猴（丙申）年，力争实现煤层气产业之奋斗目标，为中国海油创新缔造国际一流能源公司助力加油。

爱在四季

春江三月雨微茫,罗伞叠烟拾幽香。
夏日葳薰人正可[①],懿傍佳木趁荫凉。
秋风清雅更霁霜,蹇展娥眉启朱窗。
冬聊一片相思意,金玉流年似鸳鸯[②]。

二〇一六年四月廿一日·农历丙申年三月十五日
作于北京

注 释

①"夏日葳薰人正可"此形容夏季树木花草枝叶茂盛,香气可人;"葳"即葳蕤(wēi ruí),形容草木枝繁叶茂。

②"鸳鸯"此比喻恩爱一生的夫妻伴侣。

晚 风
——作者三年内退休有感

渔舟唱晚江自清,

秋雁轻云伴我行。

和风暮霞人依旧,

近岸修身访兰亭[①]。

柳绿桃红又一春,

闲耕茗眉待厚生[②]。

桑蚕遂老丝无尽,

再绣河山入画新。

二〇一六年四月廿二日

作于北京

注 释

① "兰亭"原指东晋穆帝永和九年(353)王羲之书写《兰亭序》的地方,在浙江绍兴。这里崇山峻岭,茂林修竹,清流激湍,曲水胜景,映带左右,是历代名家吟咏赋诗、挥毫书画的朝圣之地。此处指赏景吟咏、修心养身之地。

② "茗眉"即嫩茶;"闲耕茗眉待厚生"此指休闲品茶养生。

勘探游记
——为云南煤层气勘探项目EH-C6井完钻而作

君拜雁北五台[①]，

吾揽云南七彩。

西游敦煌九寨，

东渡普陀佛海。

棋琴书画博爱，

探地勘山抒怀。

神州四方游记，

铭留霞客奇才[②]。

二〇一六年五月廿五日
作于云南恩洪项目现场

注 释

① "雁北五台"指山西北部的雁门关、五台山。

② "霞客"即七彩霞客，其源于崇拜明代地质探险家徐霞客（1587—1641）先生。

十六字令三首
——在建党95周年之际感怀牛马精神

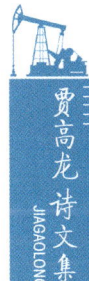

牛,

一生勤耕走犁沟。

今昂首,绿野变高楼。

马,

老骥千里越岭峡[①]。

骋怀目[②],余晖照云崖。

山,

峻岭深处吐甲烷[③]。

治污染,九州晴空蓝[④]。

二〇一六年七月一日
作于云南恩洪项目现场

注　释

① "越岭峡"喻指跋山涉水的地质勘探工作。

② "骋怀目"指尽情地舒展情怀、极目远望。

③ "吐甲烷"指勘探开发煤层气资源,甲烷气亦称煤层气。

④ "治污染,九州晴空蓝"指开发利用煤层气新能源可以减少污染,保护大气环境,还中华大地一片蓝天。

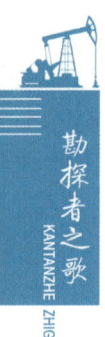

珠江之源

霞客几度寻珠源[①]，溪龙出洞生紫烟。
清波绕岭游峡涧，五潭抱岩叹水涟。
乌蒙山，马雄山[②]，牛栏西去分两盘[③]。
水滴三江滇黔桂[④]，珠流九域沃岭南[⑤]。

二〇一六年七月十三日
作于云南曲靖珠江源

注 释

①"霞客几度寻珠源"指明代地理学家徐霞客曾从广西入滇，考察珠江的发源地，认定珠江源就在沾益县炎方一带。

②"乌蒙山，马雄山"指属于乌蒙山系之马雄山海拔2444米。

③"牛栏西去分两盘"以马雄山主峰为分水岭，水流朝西、东和北三个方向自然流淌，分别形成了牛栏江、南盘江和北盘江等三条径流。牛栏江向西流入金沙江，南北盘江汇入珠江。

④"水滴三江滇黔桂"源于马雄山的南盘江向南流经曲靖，过开远转向东，于多依河出滇成为黔桂界河，北盘江向东流经贵州的晴隆，在蔗香与南盘江汇合入珠江，牛栏江向西流入金沙江（长江）。

⑤"珠流九域沃岭南"指珠江干流经过云南、贵州、广西后流入广东岭南地区，与北东二江汇织形成珠江三角洲。

生命之门
——云南师宗凤凰谷游记

雄凤雌凰钟灵秀[①],
阴柔婉致凤凰谷。
生命之门天工物,
玄牝传承圣洁母[②]。
鱼泳清波女儿湖,
碧水荡漾五龙游[③]。
南丹山顶朝圣地,
万般涅槃圆千秋[④]。

二〇一六年七月二十日
作于云南师宗县凤凰谷

注释

① "钟灵秀"即钟灵毓秀,意为凝聚了天地间的灵气,孕育着优秀的人物,此指(师宗地区)山川秀美,人才辈出。

② "玄牝"(xuán pìn)出自老子的《道德经》,指大道生万物如同人类连绵不绝的孕育过程,形容母性的伟大

圣洁。

③"五龙游"指凤凰谷主峰南丹山脚下的五龙河。

④"涅槃"（niè pán）是佛教用语，指经过修养，调理自己的思想，断除不好的意念和情感，实现最真实和最有价值的人生。

后 记

师宗凤凰谷景区位于云南省曲靖市师宗县五龙壮族乡，谷内绝壁万仞，溪水潺潺，溶洞幽胜。"生命之门"洞高218米，堪称国内之最，兼具高、大、险、奇、秀五绝，洞口阴柔婉致，状似女阴，其外形奇观使人产生对生命之源的感悟。

咏普者黑

仙人洞村普者黑[①],
月色荷塘梦涟漪。
彝家凭栏赏花蕊,
清莲含笑迎朝晖。
荡桨泛舟鱼鸟随,
三科兴致弄玉笛。
小桥细雨执罗伞,
水墨丹青咏丘北。

二〇一六年七月廿一日
作于云南丘北县普者黑

注 释

①"普者黑"是彝族语,意指盛满鱼虾的湖泊。普者黑岩溶区位于云南省文山市丘北县,区内山连水、水绕山、山藏洞、洞生水、水浮莲,其景观独特,是以幽静秀丽的高原湖泊群、苍翠叠嶂的孤峰群、鬼斧神工的溶洞群、绚丽多彩的民族风情为一体的风景名胜区,被誉为"世间罕见的喀斯特山水田园风光"。

登 岳
——登泰山奉和杜甫诗《望岳》

泰尊瞩目翘[①],
神崖入云霄。
孔子登临处,
红门步阶高。
雾随松涧绕,
泉溪争暮晓。
欲登玉皇顶,
俯瞰白云飘。

二〇一六年八月五日
作于山东泰安

注 释

① "泰尊"指泰山,又名岱山、岱宗、岱岳、东岳、泰岳。

后 记

泰山雄起于齐鲁平原,气势雄伟磅礴,东望黄海,西襟黄河,南瞻孔孟故里,北依泉城济南,以拔地通天之势雄峙于中国东方,以"五岳独尊"之盛名称誉古今,被视为中华民族的精神象征、华夏历史文化的缩影。泰山主峰玉皇顶海拔1533米,有"天下第一山"之称,被古人誉为"直通帝座"的天堂,成为帝王封禅和百姓崇拜的神山,有"泰山安,四海皆安"之意。登上峰顶可览旭日东升、云海玉盘、晚霞夕照、黄河金带其四绝。泰山是中国非物质文化和世界自然与文化双重遗产,也是世界地质公园。

附

望 岳

唐·杜甫

岱宗夫如何?
齐鲁青未了。
造化钟神秀,
阴阳割昏晓。
荡胸生层云,
决眦入归鸟。
会当凌绝顶,
一览众山小。

作者简介

杜甫(公元712—770),字子美,号少陵野老,祖籍湖北襄阳,出生于河南巩县(今河南省巩义市),759—766年间曾居成都,后世有杜甫草堂作为纪念。他是唐代伟大的现实主义诗人,忧国忧民,被世人尊为"诗圣";他人格高尚,其作品广泛而深刻地反映了时代现实,被称为"诗史"。其流传至今的诗作共一千四百余首,诗艺精湛,众体兼备,在中国古典诗中备受推崇,影响深远。

中 联 缘
——贺田野女士与袁燊先生喜结良缘

田原彩云皓月圆，
野岭叠翠并蒂莲。
缘满冀鲁皆缱绻，
燊耀百世囍中联。

二〇一六年八月廿日·农历丙申年七月十八日
作于北京中联大厦

后 记

　　自中联煤层气公司外围项目经理部挂牌至今已近二岁，至今喜事连连。经理之子初识女友并倾心相携，副经理之子清华毕业，赖博士喜得贵子，袁燊硕士与公司发展规划部田野女士喜结圆鲁冀之好（袁燊籍贯山东，田野籍贯河北）。作者欣喜之极，赋诗一首以贺之。

郎 将 军
——祝贺中国女排里约奥运会夺冠

郎将军[①],执帅旗,铁榔齑粉坚可摧[②]。
鏖战里约六劲旅[③],馨力拔城占头魁。
勇军曲,催人泪,捷奏铿锵红玫瑰。
感召乾坤度天下,巾帼英雄万古垂。

二〇一六年八月廿一日
作于北京

注 释

① "郎将军"指时任中国女排主教练郎平,又名"铁榔头"。

② "齑粉"(jī fěn)指捣碎成细粉或细碎屑,即"无坚不摧"之意。

③ "六劲旅"指美国、荷兰、塞尔维亚、意大利、波多黎各以及巴西女排强队。

后 记

第31届夏季奥林匹克运动会于2016年8月6日至22日在巴西里约举行,中国代表团获得26枚金牌、18枚银牌和26枚铜牌,名列奖牌总数第三位。

重阳抒怀

晨露登台眺营上[①],满园卉菊茱萸香。
碧空两行南飞雁,霞客千思寄故乡[②]。
暮怀吟诵再举觞,余韵悠然九重阳。
鬓丝染霜心未老,足履山水勘探郎[③]。

二〇一六年十月九日·农历丙申年九月初九重阳节
作于云南富源县营上镇

注 释

①"营上"指云南省富源县营上镇,即中联公司云南恩洪老厂煤层气勘探项目经理部驻地。
②"霞客"此指长期驻云南项目现场的诗作者(七彩霞客)。
③"足履山水勘探郎"指作者足迹遍布大江南北,踏遍青山荒野,一生从事地质勘探事业。

后 记

重阳节又称重九节、九月九、登高节、茱萸节、菊花节等。重阳节是汉族的传统节日,有出游赏秋、登高远眺、观赏菊花、遍插茱萸、吃重阳糕、饮菊花酒等习俗。我国规定每年的重阳节为"老人节",倡导尊老、敬老、爱老、助老的中华美德。

歌 之 魂
——中央电视台《中国民歌大会》

黄河之水天上来,雪域天籁音。
南箫北鼓风情曲,长歌万里行。
同饮扬子一江水①,婉韵丝竹声。
渔歌唱晚映霞彩,大海故乡情。

二〇一六年十月十日
作于云南富源县营上镇

注　释

①"同饮扬子一江水"指长江流域上下游之民族音乐风情。

后　记

中央电视台播出的《中国民歌大会》立足于中华文明五千年的灿烂历史,结合黄河、边疆、长江、沿海等不同地域的独特人文风情,展现各民族的地域特色与风土人情,体现民族的文化精髓和内涵,共同组成一幅色彩绚丽的"中国民歌版图"。

《中国民歌大会》以"讲好中国故事,唱响时代赞歌"为主题,以弘扬社会主义核心价值观、传承中华优秀传统文化为主线,以中国民族民间原生态歌曲为内容主体,向观众全方位展示中国民歌的艺术魅力。

勘探者之歌 KANTANZHE ZHIGE

大漠明珠
——赠东胜煤田纳林河矿区勘探将士

甘霖毛乌素①,

大漠一明珠。

嘎鲁蓝天下②,

牧人遂乌苏③。

煤油气藏储,

探地岩心留。

男儿有大志,

霞客写春秋④。

二〇一六年十月二十日
作于内蒙古乌审旗嘎鲁图镇

注释

① "甘霖毛乌素"指鄂尔多斯腹地的毛乌素沙漠已成绿洲(草原)。

②"嘎鲁"是蒙古语,指天鹅和鸿雁一类的鸟及其鸣叫声。

③"乌苏"指乌审旗的母亲河——萨拉乌苏河,"萨拉乌苏"蒙古语是"黄水"的意思,此指人与牧逐愿相处并追随着母亲河繁衍生息。

④"霞客"此指"东胜煤田纳林河矿区详查"施工的地质勘探队员与诗作者。

后 记

乌审旗位于内蒙古自治区鄂尔多斯市南部,昔日的毛乌素沙漠今天已成绿洲。乌审旗草原人杰地灵,历史悠久,农耕文化与草原文化的交融,积淀了厚重的历史底蕴和多彩灿烂的文化底蕴。"河套人"(鄂尔多斯人)在这里发祥,这里的萨拉乌苏文化遗址驰名世界,这里的"独贵龙"运动彪炳史册,这里的煤炭、石油和天然气资源享誉中外。今天的乌审是绿色的乌审,今天的乌审是现代的乌审,她已成为祖国北疆亮丽风景线上的一颗璀璨明珠。

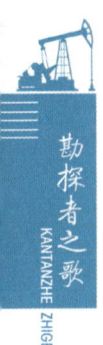

朝思暮想

——山西矿业学院地质系七七级李振拴退休忆文

半世贫贱苦学研，半世奔劳探心泉。

莫道人间桑榆晚，为霞亦能华满天。

——题记

年过半百，须鬓霜染。白日里案牍劳形，尚能自持，午夜梦回却每每老泪沾枕。追忆半生过往，往事历历在目——

贫乡苦地，蓬户荆门，丙申露月（1956.10.25），柴扉挂红，弄璋添喜。适逢家境不济，褴褛尚能蔽体，唯食每难果腹，终日嗷嗷。人道是雪上加霜，更难为继，然幸得父母怜爱，常抱于怀，稚子无知，为笑为盼。

及至垂髫，敏而好思，顽劣不羁，却常怀善心，助人乐己。人见则喜，皆言可教。（1963.3）初，入学从师，性大善，举一反三。"文革"伊始，辍学而返。吾虽年幼，亦知家道不易，拾柴积粪，采药放牧，无所不事。邻里咸以为乖巧，唯母亲怜某年幼，每至夜半，扶被泪涟。尝进山采苣，以补口粮之不足，适逢暴雨，山洪突至，可怜稚子懵懂，存身洞穴，无援自持。待风停雨霁，仍不忘满载方归。及家门，母亲见状，喜怒交集，俯身嚎啕。稚子感怀，遂立志。

庚戌年春（1970.3），重返校园，如蒙大赦，喜不自禁，然读书只三载，虽奋力以学，仍感不及。闻鸡而起，晨读不辍；寒夜挑灯，愈加勤勉。人道是天赋异禀成佳绩，谁人知苦学熬心个人尝。

家乡静乐，历来苦寒。天公不怜，故十年九旱；土地非善，总贫瘠低产。为谋生计，吾父一人日夜劳作；家道为艰，母亲长兄勉励维持。适逢吾年方二八，正是血气方刚，青春少年。邻里规劝，弃学务农，分忧家务。凡遇此，吾父皆不言。然学费书酬从不间断，伙食之资不使劳心。

寒窗十载，一朝及第（1977.12）。乡里同庆，皆言不负众望；双亲欣喜，难掩含泪之目。倾全家之资，合朋邻之力，始聚束脩之备。千里求学，唯一铺一盖已矣。面对众人白眼，尚能傲首以待；然目睹老父因褴褛之姿被人呵斥，终不免痛心。彼时，尚无心念及家国天下，只愿有朝一日，业立功成，以孝双亲。

大学清苦，生活拮据，纵勤工俭学，亦常常捉襟见肘。春夏之季，花团锦簇，恰同学少年，正是衣着鲜丽。而吾唯有一衣一裤，每每夜洗昼服。适逢雨季，天气潮冷，衣裤总不能干，无奈夜半藏之于怀，以体暖之。

终日潜心苦学，幸蒙苍天不负。毕业之后，学以致用，风餐露宿，爬山涉水，始得江河为脉，一振平生夙愿；心泉化乳，浸润故园父老。方可谓："日尽千川谷，遍履万壑山。为酬平生志，丹心务探勘。"

待家成业就，本该承欢膝下，亲尝汤药，然不免庶务缠身，分身乏术。每每忆及双亲迟暮，总于心难安。唯能以丰厚财帛供养，方能聊表寸心。兄妹数人，各自成家，为使父母心下宽慰，平素亦多资助。二老乃乡间布衣，久

居深山，未识天地之广，不知造物之奇。故尝携父母遍览琼山蜀水，纵情于山水林泉。乌鸟反哺，羔羊跪乳，吾虽竭力以侍，仍觉不能报之万一。

半世辛劳，一生为水，上可揽流云激雨，下能掘黄泉暗龙。行军布阵，引的是河川再造，沙场点兵，解的是万民饥渴。圣人训：学而优则仕。虽吾并非追名逐利之辈，但一腔热血难就锦绣宏图，孤影之躯怎承凌云之志。尝侍州府幕僚数载，谈笑之间，多是有识之士；会商研讨，皆为术业专家。然，终不敢忘贫苦出身、布衣血脉，每所进言，必为民生疾苦。虽位卑言轻，亦多勉力。

夫煤者，晋之福兮祸兮？晋煤外运，广供全国，晋电东输，直达京冀。无煤，晋业无所凭；富煤，晋民有所伤。众所知，三晋之地，泉贫水乏，水之于晋，犹喉之于人。百姓用度尚且为之掣肘，然凡煤矿采掘选洗，无不耗费。晋民苦旱久矣，为尽拳拳之心，吾广寻典籍，跡遍三晋，尽心竭力，终成一论——盖出煤一吨，耗水二倍又半。书文千言，上达天听，庙堂始知三晋之苦，每岁拨款百五十亿，周济旱民，十载不断。

岁在庚寅，仲春之初（2010.3.28），王家岭上突传噩耗，百余矿工命垂一线。悬空大道劈山而就，千军万马星夜驰援。中南海急电责切切，省政府情焦义拳拳。某临危受命，昼奔夜达；尽毕生所学，慎思竭虑。心中有责千钧重，生命通道一夜通，《时代周刊》彰佳绩，涅槃重生感国恩。寰宇之间，历时百年，唯此一役，荣列救援奇迹之首，然每每回顾，仍不免唏嘘感叹——

曾忆否？王家岭上夜无眠，月落鸡唱五更残。春寒化芒刺透骨，挥汗如雨沁薄衫。挑灯苦思竭心力，双股战战执笔难。三声回音震天际，始觉眼角泪光寒……

半生奔劳半生笔耕，然无一字抒怀，无一字悦人，工作之余略有所想，也总是勘探之言。新文始成，其心惴惴，每欲觅高人指点切磋，以图增益。于是，发表于报端。一经付梓总不禁欣喜，每若孩童，老妻见状哂之，旋复具鸡黍，以供小酌。然吾性疏散，转首即忘，复醉心于案牍。劳烦吾妻，凡此类报纸杂志总是悉心收好，典藏如宝。时光倏忽，回首再读，时文三十余篇，书成六卷，荣勋数次，审核报告六千有余。

想吾半世春秋，奔波在外，聚少离多。上愧对白发双亲，未能膝前尽孝；下愧对娇妻稚子，不能灯下陪伴。可怜吾妻事事忧心，件件操持，岁月催老，娇颜无驻。忆及彼时，初识吾妻，一见倾心，不为容颜，但守本心——同是蓬门苦子，相知相携。待华发早生，满面沧桑，致仕之期已近。人生一世，草木一秋，想吾半世浮沉劳碌，为己、为家、为国，终无悔矣。此后，惟愿含饴弄孙，陪伴老妻，共话桑麻。

念念不忘，必有回响。书此文，兹寄后人，不忘旧日之艰，常怀感恩之心，不堕苦勘之志。

二〇一六年十月廿五日
振拴于山西太原

腊八初捷

——为云南煤层气项目LC-C1井完钻而作

紫禁城邑霾锁寒[①]，南诏流香有梅兰[②]。
碧空彩云胜春色，七宝五味品滇餐[③]。
金猴握桃话勘探[④]，岁事初捷告平安[⑤]。
霞客斗酒何处去[⑥]，凯泽齐家指日还。

二〇一七年一月五日·农历丙申年腊八节

作于云南富源县营上镇

注 释

① "紫禁城邑霾锁寒"指紫禁城（即北京地区）冬季的重度雾霾天气。

② "南诏"即云南省的古称。此指滇冬空气新鲜，到处散发着花香。

③ "七宝五味"指腊八节喝七宝五味粥（腊八粥也称七宝五味粥）。

④ "金猴握桃"比喻项目人员获得成果；"话勘探"指总结勘探工作。

⑤ "岁事初捷"指云南煤层气勘探项目年度钻井任务初步完成。

⑥ "霞客"泛指地质勘探工作者，此指云南勘探项目工作人员。

颂 友 人

地质专家张三科先生自二〇〇九年九月在中联煤层气公司工作至今，长期驻现场负责勘探施工管理，尽职尽责，为我国煤层气事业做出了贡献。今赋诗一首以惠念。

山青水长知己情，鸿雁南回送友行。
暮霞叠翠凝紫气①，揽胜齐家乐厚生。
柳绿花红又逢春，笛声荡游长安城。
太白秦怀望华岳，苍松迎客旭日升。

二〇一七年三月三十日
作于云南富源县十八连山（雨汪）镇

注 释

①"紫气"源自"紫气东来"。传说老子西游过函谷关前，关令尹喜见有紫气从东而来，知道将有圣人过关，果然老子骑青牛而来。后人以此来比喻吉祥如意、天宫降福之征兆。

后 记

张三科　一九五一年五月生，陕西宝鸡人。一九七七年七月毕业于西安矿业学院地质系煤田地质与勘探专业。工作于陕西省煤田地质局一八六队，曾任队副总工程师。退休后在中联煤层气公司工作，至今已有八年。

洛都跃龙门

洛都九朝前[①],

锦袍玉珠帘;

国色花下客,

醉倾郑洛间。

万佛壁空悬,

龙门信士虔[②];

伊水留窟影,

魏碑楷玉篇。

二〇一七年四月十八日

作于河南洛阳

注 释

①"洛都九朝"指我国八大古都——洛阳,先后有东周、东汉、曹魏、西晋、北魏、隋、唐、后梁和后唐九个朝代在此建都,故有"九朝古都"之称(也有说法是"十三朝古都"),是国家历史文化名城。

②"万佛壁空悬,龙门信士虔"指洛阳城南伊河岸畔的龙门石窟,是我国著名的(甘肃敦煌莫高窟、河南洛阳龙门石窟、山西大同云冈石窟)三大石窟艺术宝库之一,世界文化遗产。

访诗圣诗魔

少陵徙巩县[①]，野老卷千言。
诗圣甫子美，草堂流芳年。
翠柏抱白园[②]，谁能作诗仙？
九老尚齿会[③]，造化惟乐天。

二〇一七年四月十八日
作于河南洛阳

注 释

①"少陵"指唐代伟大的诗人杜甫（712—770），字子美，号少陵野老，生于河南巩县，被尊为"诗圣"。晚年曾居成都，后世有杜甫草堂以作纪念。

②"白园"即白居易墓园。白居易（772—846），字乐天，号香山居士，生于河南新郑，逝于洛阳，葬于洛阳城南的香山琵琶峰。有"诗魔"和"诗王"之称。

③"九老尚齿会"即"九老会"。相传唐朝时，由胡杲、吉玫、刘贞、郑据、卢贞、张浑、白居易、李元爽、禅僧如满等九位七十岁以上的友人在洛阳龙门之东的香山结成"九老会"。唐武宗会昌五年（845）三月某日，白居易亲自组织尚齿会，欢醉赋诗，作九老诗，绘九老图。

珠江源之缘

乌蒙叠岭情韵长，霞客三渡驻炎方。
醉美彩云清和月，满山杜鹃迎朝阳[①]。
花海洋，目微茫，翠峰一水滴三江[②]。
珠流有缘沾益访，激情千里下南洋。

二〇一七年四月三十日·农历丁酉年清和月
作于云南曲靖市沾益

注 释

① "醉美彩云清和月，满山杜鹃迎朝阳"指珠江源景区每到春末夏初，杜鹃花开，姹紫嫣红，格外灿烂，是观赏杜鹃花的绝佳胜地。登上马雄山峰顶近观远眺，五彩缤纷，绚丽无比，成了花的世界，人在花丛中，犹如入仙境。

② "翠峰"指乌蒙山系之马雄山，以马雄山主峰为源头的三条河流有牛栏江（入金沙江）、南盘江和北盘江（两河汇合后入珠江）。

后 记

珠江是国内仅次于长江和黄河的第三大河流，其最大干流为西江，发源于云贵高原乌蒙山系马雄山北东麓（位于云南省沾益县炎方乡境内）。正源南盘江于多依河出滇入黔后在蔗香与北盘江汇合，过广西八腊后称红水河，过来宾桂平后称浔江，于梧州出桂入粤后称西江，在广州三水与北江、东江汇织形成珠江三角洲，八口分流入南海，全长2214公里。

呼伦贝尔之约[①]
——贺王硕与贾理宁喜结良缘

兴安岭上生明月,
大杨树边碧水涟[②]。
钟灵毓秀良辰日,
呼伦贝尔共婵媛[③]。
王者携手囍椿萱[④],
硕果蔓枝红万千。
理政齐家世华郡,
宁静修德桃满园。

二〇一七年七月九日·农历丁酉年六月十六
作于内蒙古呼伦贝尔市大杨树镇

注 释

①"呼伦贝尔"是蒙古语。据久远相传,草原上居住着一个勤劳勇敢的蒙古族部落,部落中有一对情侣,女的叫呼伦,能歌善舞,才貌出众;男的叫贝尔,能骑善射,是草原上的英雄。人们为了感念这对情侣,就把这个草原取名为呼伦贝尔,将一对湖泊命名为呼伦湖与贝尔湖。至今仍然闪烁在呼伦贝尔草原上的这两颗神

奇的明珠之间流淌着一条乌尔逊河,她犹如一束银色的彩带将两湖紧紧地连接在一起,湖水滋润着草原,使草原充满了生机,羊群像朵朵白云在蓝天下飘荡,牛马像颗颗珍珠撒满了绿色的草原,如诗如画的呼伦贝尔这片胜地不但使天鹅流连,更令人神往。

②"碧水"此指甘河,嫩江的最大支流,属于松花江水系。

③"婵媛"原意为"牵手",此指喜结良缘,牵手百年,婵媛一生。

④"椿萱"(chūn xuān)喻指父母亲,此意椿庭萱堂、家庭幸福。

山水人生

荷月雾霭丝雨潆,
手执罗伞湿鞋帮。
挤拥争得满厢客,
回首巴士锁扉窗。
彩虹桥上不相望,
花甲忘年走四方。
毕生山水于路上,
吟诵抒怀楚天长。

二〇一七年七月十七日、十八日
作于北京,贵阳观山湖

长征古韵
——为纪念红军长征胜利81周年而作

遵义长征路,

茅台渡千秋[①]。

索牵丙安镇[②],

夕照吊脚楼。

丹霞赤水瀑,

飞玉捣玑珠。

长江第一镇,

李庄古韵留[③]。

五尺道跬步[④],

锁滇又扼蜀。

嘉靖通宝铸,

会泽百家书[⑤]。

二〇一七年九月十五日至十九日

作于遵义、茅台、丙安、赤水、李庄、豆沙关、会泽

注　释

①"茅台渡千秋"指贵州茅台(古称"云鼓镇")渡口,1935年3月16日红军长征在此三渡赤水河。

②"丙安镇"指赤水岸畔的丙安古镇,1935年1月29日红军于此首渡赤水河。

③"李庄"指四川宜宾东郊的李庄古镇。抗战时期接纳

了同济大学和科研机构长达六年,同时也为国家保存了大量的珍贵文物。

④ "五尺道"指始凿于秦朝的豆沙关五尺道,位于昭通市盐津县西南部,是古时由蜀入滇的第一道险关,川滇锁钥。

⑤ "会泽"指钱王之乡会泽古城。会泽县域内铜矿产丰富,铜商文化源远流长,以"堂琅铜洗""嘉靖通宝"以及明清会馆而闻名于世,其悠久的历史与深厚的文化内涵成为国家历史文化名城。

流金岁月
——庆祝土默特左旗第一中学建校60周年

黄河岸北青山南，大漠沃野土默川[①]。
书声琅琅六十载，学子莘莘三万三[②]。
热泪含，话少年，寒窗苦乐今暮颜。
明德知行烛引路，止于至善益师贤。

二〇一七年十月一日
作于内蒙古土默特左旗察素齐

注释

①"土默川"指大青山南麓至黄河北岸的冲积平原，其主体区域为内蒙古土默特左旗，旗第一中学坐落在旗府察素齐镇。

②"学子莘莘三万三"指土默特左旗一中建校60年来初高中毕业生近3.3万名，其中高中毕业生近1.8万名，为大中专院校培送7200多名优秀学子，他们遍布祖国大江南北、各行各业，为社会经济做出了巨大贡献。

后记

作者于1974年9月进入察素齐中学（后更名为"土默特左旗第一中学"）高中34班就读，于1977年7月毕业，同年12月全国恢复高考，本人成为恢复高考后该校应届生中第一位被省外录取的本科生。

月是故乡圆

青山照天鉴[①]，碧池秋水涟。
垂钓有鲢鲤，金苇芦无边[②]。
玉娥摆盛宴，把酒问青天[③]。
童叟共此时，月是故乡圆。

二〇一七年十月四日·农历丁酉年中秋节
作于内蒙古哈素海，金地家园

注 释

①"青山照天鉴"喻指大青山南麓的哈素海（"哈素"为蒙古语"哈拉乌素"的简称，意为"青水湖"）的湖光山色，湖水宛如明镜，碧水青山相映成辉，素有"塞外西湖"之美称。

②"金苇芦无边"指哈素海无边无际的金黄色蒲苇和芦苇。

③"玉娥摆盛宴，把酒问青天"借玉兔嫦娥指中秋赏月；又指徐玉娥女士在中秋之夜为全家人精心烹饪的美味佳肴。

后 记

中秋佳节，作者回到故乡土默特，在哈素海边昼以垂钓，金地家园茗咏赏月，阖家团聚其乐融融。

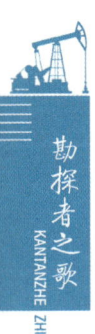

彩色沙林
——重阳节登高赏咏陆良彩色沙林

七彩染沙林[①],垩土抱石英。
上古二叠系[②],层层溯古今。
爨王开疆靖[③],孟获七纵擒[④]。
翠山吐钟秀,识者莫不惊。

二〇一七年十月廿八日·农历丁酉年九月初九

作于云南陆良

注 释

① "七彩染沙林"指位于云南省曲靖市陆良县境内的彩色沙林,有多种颜色的石英砂和粘土矿物以及多彩的动植物形成斑斓缤纷的地质地貌奇观。

② "上古二叠系"此指沙林形成的年代地层为上古生界二叠系。

③ "爨王开疆"(爨cuàn)系指华夏历史自西晋经南北朝至唐天宝约五百年间,爨氏王平定并统治云南等地区所造就的中国历史文明。"靖"即"平定""安宁"之意。

④ "孟获七纵擒"借三国时诸葛亮出兵将当地酋长孟获七擒七纵的故事,指(彩色沙林)陆良为历史名将孟获的故乡。

滇南陶韵

临安五色土[①],

彩填紫陶壶。

浮雕出奇秀,

器韵千古留。

碗窑醉君目[②],

痴情不释手。

梦笔生花处,

顿品载春秋[③]。

二〇一七年十一月十二日

作于云南建水碗窑村

注 释

① "临安"即建水县城的古称,属云南省红河哈尼族彝族自治州,建水古城是国家历史文化名城,又因五彩陶(也称紫陶)而闻名于世。云

南建水五彩陶与江苏宜兴紫砂陶、广西钦州坭兴陶、重庆荣昌陶被国家命名为"中国四大名陶"。

② "碗窑"此指建水古城北郊的碗窑村,这里世世代代

以陶瓷为业，以制陶为生，是一个被窑火烧出来的村落，被世人誉为"紫陶第一村"。

③"顿品"原意指美好的品德，喻意紫陶工艺美术师李由页制作的精美陶艺作品。李由页，碗窑村人，大学毕业后创建"溢顺祥"陶艺工作室，其作品荣获2015年云南省工美杯金奖。

后 记

云南建水紫陶是历史悠久的传统工艺品，始于元末明初，至今有九百多年的历史。选用建水近郊的五色陶土手工制作成型，又要经过书画、雕刻、填刮、烧炼、磨光等工序，陶器色泽深紫，花纹雪白，叩声如磬，素有"质如铁、明如水、润如玉、声如磬"之神韵美誉。

茶 博 士
——赠茶友赖文奇、张平等诸位博士

三壶观其素[①],杯盘坐基础。
茶宠香炉候,陶韵入心腑。
夕颜伴古树[②],紫尖杯中游。
回甘君子醉,博士亦好求。

二〇一七年十二月十六日
作于云南项目现场

注释

① "三壶观其素"借茶阁上部的石瓢壶、中层两侧的半月壶与西施壶围着中间的白色素壶,喻指诸友品茶论道。

② "夕颜伴古树"此指滇红夕颜古树茶,又指云南茶马古道上历史悠久厚重的茶文化。

后记

云南恩洪煤层气项目EH-C7井于2017年12月14日压裂作业,张平博士现场负责,次日返排点火成功,火焰高度达2米。作者欣喜,遂作此诗,以《茶博士》贺之。

中联乔迁之春联
——中联煤层气公司入驻国宾大厦

金鸡报晓中联煤三气共采华夏首举
玉犬迎春中海油九州同庆国际一流
　　万象更新

"十九大"号角再奏共和国新乐曲
"十三五"规划开启煤层气新征程
　　实现百年目标

丁酉年科学决策上下同心德
戊戌年砥砺前行左右齐奋发
　　共创未来

能源新科技新重大专项勇登峰顶
煤层气致密气勘探开发再创辉煌
　　中联领先

市场融资增殖增效盈利润
计划经营提产提质纳财福
　堆金积玉

中外合作一心一意谋发展
各方和协群策群力集大成
　和作共赢

外围区块提储量公司增后劲
晋陕基地增产量中联展前景
　大有作为

二〇一八年二月十六日·农历戊戌年春节
作于北京

上图：云南煤层气项目由鹏远达公司进行井组排采试验

幽峡醉四郎

马岭峡谷百里长[①],大帝劈缝峦成行。
群瀑激起千重雾,湍如野骥奔盘江[②]。
横看断屻纵似墙,树华挂壁叶薇茫。
溶岩栈道洞悬空,碣石凭栏醉四郎[③]。

二〇一八年三月十四日
作于贵州兴义市马岭河

注释

① "马岭峡谷"指贵州省兴义市境内的马岭河峡谷,它是在造山运动中深切的大裂水地缝,被称为"地球上最美的伤疤";其又属于典型的喀斯特地貌,区内群瀑飞流、翠竹倒挂、溶洞千姿百态,是一处集"雄、奇、险、秀"为四绝的国家地质公园。

② "湍如野骥奔盘江"指马岭河沟深壁陡、水流湍急,像一匹脱缰的野马奔向南盘江。

③ "碣石凭栏醉四郎"指七彩霞客等四君子考察游览马岭河峡谷,被其群瀑捣珠、奇峰幽谷、翠竹溶洞之胜景所陶醉。

再 聚 首
——山西矿业学院煤勘七七级同学四十年聚会

寒窗一别四十年,长安相惜已暮颜。
回首千言道不尽,天涯若许梦魂牵。
酒韵悠悠入画卷,余生山水只等闲。
含饴弄孙时光好,椿庭萱堂福万千。

二〇一八年八月十七日·农历戊戌年七夕节
作于陕西西安

后 记

二〇一八年八月十七日正逢七夕节,山西矿业学院煤勘七七级同学弓晓林及夫人、左建平及夫人、卢洪顺及夫人、余克忍及夫人、李振拴及夫人、田晓东及夫人、任于爱及夫人、樊行昭及夫人、李恒堂李美荣、李果、田园、王家东、苗合坤、陈福周、丰庆泰、巩旺旭、郝临山、耿明超、文朝生、贾高龙等二十一位同窗学友在西安聚会。

中联赞歌

华夏物阜资源贮，开发烃气通五州[①]；
翻山涉水拓新路，创业报国写春秋。
三晋大地气藏储，钻井采气遍地有；
五横三纵入万户[②]，甲烷化作黄金屋。
鄂东高塬大气候，三气共采管网输[③]；
将士携手绘蓝图，河山锦绣功绩留。
滇东红原气层厚，提储建产后劲足；
春花秋月十年度[④]，披云拂雨四季走。
今朝出征将台路，四大战役拔头筹[⑤]；
明日百亿气龙舞，仰首会师德胜楼。
沧桑胜境争一流，水陆双雄中海油；
气冲牛斗势无阻，中联圆梦壮志酬。

二〇一八年八月三十日
作于云南煤层气项目部（曲靖）

注 释

①"五州"此泛指中国北方的某些省区市。中国古时有九州（冀州、豫州、兖州、青州、徐州、扬州、荆州、梁州、雍州）之称，其"五州"是指北方的领土。

②"五横三纵"指山西省天然气与煤层气管网建设布局由东西向五条、南北向三条主线构成。

③"鄂东高塬大气候,三气共采管网输"此指鄂尔多斯东缘临兴神府项目实施煤层气、致密气、页岩气三种非常规天然气共同勘探开发。

④"十年度"此指作者自二〇〇八年九月任云南煤层气国际合作项目首席兼恩洪自营项目经理至今已有十年。

⑤"今朝出征将台路,四大战役拔头筹"指驻北京市朝阳区将台路国宾大厦的中联煤层气有限责任公司部署实施的大会战,即鄂东临兴神府战役、山西晋城战役、太原战役及云南战役。

后 记

中联〔2018〕118号"关于成立云南项目部及任职的通知",明确云南项目部主要负责云南恩洪、老厂雨旺和道班房三个区块的勘探施工管理工作,保障项目优质高效安全运行。2018年8月30日,中联煤层气有限责任公司董事长、党委书记、总经理俞进与云南省煤田地质局局长王源明等参加了揭牌仪

式。随后，俞进总经理一行赴生产现场办公并指导勘探开发工作，云南煤层气项目将继续加大勘探力度，开展勘探开发一体化试验，加快勘探开发进程；本项目还要依托"十三五"国家科技重大专项《滇东黔西煤层气开发技术及先导性试验》，深入开展各项新技术研究和新工艺试验，"以提高单井产气量为中心，以恩洪和老厂雨旺两个区块为工作重点"，突破本地区煤层气勘探开发的技术瓶颈；第三是进一步加强与云南省煤田地质局的深度合作，将云南项目做大做强，争取早日实现商业化开发，为当地供气。

九九思情
——作者步入花甲之年有感

九九登高赏秋凉[①],犹有篱菊郁金黄。
雁鸣云楚安可忘[②],霞客祭祖想爹娘[③]。
半举觞,仰天长,情韵悠悠弄夕阳。
气舒步缓初见老,遥望远山思故乡[④]。

农历戊戌年九月初九·重阳节
作于云南项目现场

注 释

① "九九登高赏秋凉"指重阳节出游登高,赏秋略有凉意。
② "云楚"即云天,此处泛指南方的天空。
③ "霞客"指负责云南煤层气勘探项目十余年的诗作者。
④ "气舒步缓初见老,遥望远山思故乡"表达作者步入花甲之年后望山叹止、思念故乡之情。

后 记

重阳节是汉民族的传统节日,有出游赏秋、登高远眺、观赏菊花、遍插茱萸、吃重阳糕、饮菊花酒、祭祀祖先等习俗。重阳节与除夕、清明节、中元节为祭祖的四大节日,我国规定每年的重阳节为"老人节",倡导尊老、敬老、爱老、助老的中华美德。

双重喜庆[1]

临江古都火锅辣，荣昌悬壶品沱茶[2]。
渔舟点点繁星下，万盏灯火映洪崖。
渝水巴山赏茶花，朝天门前浪淘沙。
红岩砥柱英雄塔，解放铭碑迎朝霞。

二〇一九年一月九日、十日
作于重庆洪崖洞、朝天门、解放碑

注 释

[1] "双重喜庆"即指重庆。宋光宗（1190）赵惇即位时，自诩"双重喜庆"，升恭州为重庆府，重庆由此得名并一直沿用至今。

[2] "荣昌悬壶"此指中国四大名陶（宜兴紫砂、建水紫陶、坭兴陶、荣昌陶）之一的重庆荣昌陶茶器。

金猪迎新春

——祝贺中联煤层气公司步入高质量发展年

银犬报捷三气共采喜获硕果

金猪逢春四部齐发决胜千里

前程似锦

打赢发展高质量四场战役

奏响前进快速度五部赞歌

百战百胜

一令齐发启新程竞技争先追求高质量

三气共采战沙场增储上产决胜非常规

大展宏图

发展煤层气晋秦两地齐发力

强攻致密气海陆双雄勇担当

大干快上

晋陕基地集装管输畅销华北

滇黔专项提储建产气化西南

成就伟业

为想事干事成事者点赞

给敢为善为有为者撑腰

天道酬勤

二〇一九年二月五日·农历己亥年春节

作于北京国宾大厦

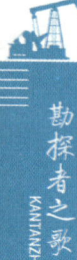

十八连山勘探郎

　　中联公司彭瑞芳副总经理一行赴云南项目现场办公，指导项目建设，鼓舞前线将士，作者欣喜遂吟此诗贺之。

十八连山翠屏嶂①，大地筑岭万花香。
九龙翘首扶云帐②，三炬赤情气韵长③。
潭溪映带抱水乡，谷幽晴岚雾微茫。
崇山崄壑岂可挡，雨霁兼程勘探郎。

二〇一九年二月廿八日
作于云南老厂雨旺煤层气项目现场

注　释

　　①"十八连山"是中联煤层气公司云南勘探项目现场（原名雨汪镇），属于云南省富源县东南部的十八连山国家森林公园。区内万亩原始森林，古木参天，四季花果争香斗妍，山峦叠嶂与崎岖峻峭的地貌形成溪水峡谷，瀑布成群，气势壮观。

　　②"九龙翘首"借项目区附近的九龙瀑布群，意指煤层气井采气设备（俗称"驴头"）向上抽气。

　　③"三炬"指云南老厂雨旺煤层气项目LC-C4/S1/S2三井采气试验的火炬，寓意中联公司实施——煤层气、致密气、页岩气——"三气共采"战略。

附

和《十八连山勘探郎》

彭瑞芳

十八连山百花艳,引蝶纳贤聚气田。
千壑难阻中联人,三炬擎天神威显[①]。
四大会战号角传[②],血性男儿冲阵前。
再到山花烂漫时,气龙游户尽欢颜。

二〇一九年二月廿八日
于云南老厂雨旺煤层气项目现场

注　释

① "三炬"喻指中联煤层气公司实施"三气共采"战略。
② "四大会战"指中联煤层气公司部署实施的大会战,即山西临兴战役、晋城战役、太原战役、云南战役。

作者简介

彭瑞芳,一九六四年四月生,内蒙古乌兰察布市集宁人。一九八七年七月中央财政金融大学毕业。时任中联煤层气有限责任公司副总经理,兼任财务总监。

退休词·警言四句

——同事、领导、本人、世人之警句

第一句同事的警言：

您这一辈子没有高攀，甘愿踏勘在塬樑山川。

第二句领导的警言：

你这一辈子没有愁烦，总是把乐苦言与伙伴。

第三句本人的警言：

我这一辈子没有服软，留给自己的都是困难。

第四句世人的警言：

余生一辈子身心坦然，成就地勘事井而无憾。

二〇一九年三月十五日
作于北京国宾大厦

地勘者铭

勘地耆仕望耄耋,
工沉解甲归野闲。
踏川攀山梦中见,
餐风沐雨日照颜。
往事如影无眠夜,
七彩霞客篆铭言。
灵石奇峰何为险,
花岗托起白云岩①。

二〇一九年四月一日
作于北京

注 释

①"花岗托起白云岩"此指地质构造运动即地壳运动,喻指地勘人不畏艰险勇攀高峰之意。"花岗"即指花岗岩。

贤居德君

（一）

儒道品禅茶，含饴弄孙娃。

贤居习字画，怡情修大雅。

宽心玲珑塔，健步又赏花。

耆友兰亭叙，垂钓胜子牙[①]。

（二）

家明儒品珞，

和贤雅正君。

人高理德劭，

诚龙宁惠君。

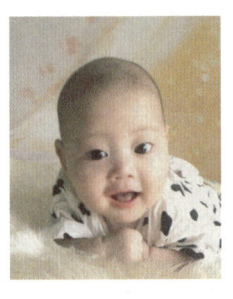

二〇一九年八月廿一日·农历己亥年七月廿一日

作于北京

注　释

① "子牙"此指崇拜姜子牙有"姜太公钓鱼"的典故。

后　记

作者于二〇一九年三月退休，去年喜得孙女贾珞君（名取"外表如玉、内心坚定"之意），小名京京；今又得孙子贾劭君（名取"勤勉自强、道德高尚"之意），小名橙子。欣喜儿孙满堂，遂作此诗文贺之。

中华楹联精粹
——庆祝中华人民共和国成立70周年

北京上联：紫禁通九门京华奥运①
上海下联：黄浦毓两岸申城世博
重庆上联：临江古都朝天门喜迎三江客
天津下联：滨海津卫塘沽港笑纳四海风
河北上联：万里长城山海关龙头共天色
河南下联：独门绝技少林寺棍僧救唐王
山东上联：孔子成仁登泰山迎朝晖人文典范
山西下联：关公取义扼壶口落烟霞神武奇观
内蒙古上联：大汗拓疆碧野骠马牛羊壮②
黑龙江下联：女真称雄黑水沃土豆谷香③
吉林上联：白山风光玉驾红旗揽胜东南西北
辽宁下联：辽土传奇钢铸航母巡洋春夏秋冬
安徽上联：文房四宝黄山为神州增色
江西下联：滕王三清青瓷与中国同名
浙江上联：品龙井茶赏江南丝竹六律
江苏下联：登虎丘塔览天下园林八景
湖南上联：八百里洞庭凭岳阳壮阔
湖北下联：两千年赤壁揽黄鹤风流
广东上联：珠水清波赴南海流传五羊故事
广西下联：漓江秀水甲天下飘来三姐新歌

新疆上联：天山雪莲开笑脸随冬不拉起舞
西藏下联：冰川灵芝凝英姿拜布达拉祈福
青海上联：三江源中华水塔水泽陵湖西海④
甘肃下联：一丝路西域商道商经嘉峪敦煌
宁夏上联：党项国元昊定邦兴平怀远依贺兰
　　　　　五珍藏宝⑤
陕西下联：兵马俑汉唐盛世贵妃醉酒思杜康
　　　　　诸圣流芳⑥
贵州上联：黔山苗寨黄果树茅台四渡赤水
四川下联：蜀绣川肴锦官城草堂三顾茅庐
云南上联：七彩石林有阿诗玛群峰拔地
海南下联：万泉琼海唯娘子军五指擎天
福建上联：武夷品大红袍香飘两岸
台湾下联：宝岛拜妈祖庙情系一家
澳门上联：莲蕊吐艳濠江重逢亲如骨肉
香港下联：荆花临风港岛回归情同手足

二〇一九年十月一日·国庆节

作于北京

注　释

①"九门"指北京城的正阳门、崇文门、宣武门、朝阳门、阜成门、东直门、西直门、安定门、德胜门。

②"大汗"指历史上杰出的政治军事家成吉思汗，被誉为

蒙古帝国的大汗。

③"女真"指古代生活于长白山以及黑龙江与松花江流域的女真人各部。

④"陵湖"指黄河源头最大的一对淡水姊妹湖——扎陵湖与鄂陵湖。"西海"即青海湖的古称，青海湖是中国最大的内陆咸水湖。

⑤"兴平"指辽朝兴平公主，嫁给西夏开国皇帝李元昊。"怀远"既指胸怀远大，又是银川的古称。"五珍藏宝"此指宁夏的红黄蓝白黑五宝——枸杞、甘草、贺兰石、滩羊皮、发菜。

⑥"诸圣"此指大陕西的仓颉、司马迁、杜康、张仲景、杜甫等诸圣。

川蜀之要

川蜀之要锦城都[①],水绿山青入画图。
雅士墨客诗辞赋,寓居草堂有杜甫。
英雄俊杰屡攻守,诸葛出师表武侯。
三星文化五千载[②],天府之国世间无。

二〇二〇年一月八日·农历己亥年腊月十四日
作于四川成都

注　释

①"锦城"即成都的别称。三国蜀汉时成都称锦官城,后简称锦城。

②"三星文化五千载"此指成都附近的三星堆古蜀文化遗址,其出土的上古遗物造型之奇特、年代之久远(距今有5000—3000年历史),被誉为"长江文明之源",同时引起人们对"三星堆文明神秘消失"的种种猜想。

风范长存
——沉痛悼念孙茂远先生与世长辞

蚕月肆日天悲嘘，惊闻噩耗吾丧沮。
故人奉旨驾鹤去，英魂赴宴蟠桃居。
创业报国挥风雨，玉皇夸您是先驱。
青山为碑功德记，拓路奠基名不虚。

二〇二〇年三月廿七日·农历庚子年三月四日
于北京泣拜

后 记

孙茂远，中联煤层气有限责任公司原董事长，因病医治无效，于2020年3月27日15时05分在北京逝世，享年69岁。

中联煤层气公司祭词

先　贤

——怀念中联煤层气公司原董事长孙茂远先生

春雨泣泣柳丝怏，

燕山苍，九州伤。

惜君哀别，诉不尽衷肠。

秦晋挥泪洒太行，

令沁水①，尽流殇。

业重道远志未央，

欧美访，踏吕梁。

创立中联，牌挂大辉堂。

殚心竭力铸辉煌，

煤层气，拓新疆②。

呈章圣览赏经方，

探淮江，采晋阳③。

格物品端④，雅量谱华章。

高曲一生浩气长，

垂百世，德流芳。

二〇二〇年三月卅一日

于北京吊唁

注 释

① "沁水"指山西东南部的沁河及以此命名的沁水煤层气田。

② "煤层气,拓新疆"指开拓中国煤层气产业新领域。

③ "淮江"指安徽淮北和淮南等煤层气(瓦斯)富集区。1998年1月8日中联煤层气公司代表国家与美国德士古公司在北京人民大会堂签署中国第一份"安徽淮北煤层气资源开采产品分成合同"。"晋阳"指煤层气储量非常丰富的山西晋城与阳泉等地区(即沁水气田),我国煤层气主要生产基地。

④ "格物"即格物致知,指探究事物原理从而获得知识。出自《礼记·大学》:"致知在格物,格物而后知至"。此喻对我国煤层气资源勘探开发进行产业化研究并付诸实践。

生 平

孙茂远(1951.2.11—2020.3.27),出生于山东荣成。1977年2月毕业于四川矿业学院采矿系地下开采专业。正高级研究员,享受国务院特殊津贴。曾工作于北京市矿务局、煤炭部情报所、中国统配煤矿总公司情报所、煤炭科学技术情报信息研究所。1996年5月始历任中联煤层气有限责任公司董事、副总经理,副董事长、总经理,董事长、党委书记,执行董事,总顾问。在国内外发表论文200余篇,编译专著8部,获多项部级科技进步奖,是《中国煤层气》杂志的创刊人并任编委会主任,是中国煤层气产业的倡导者和践行者,也是奠基人之一。在我国煤层气政策研究、规划发展、技术研究和管理方面做出了突出贡献。

中联煤层气之歌

华夏十省资源贮，山明水秀无限路；
勘查区块二十九①，风险勘探烃矿求。
云南昭通褐煤厚，春花秋月等闲度；
老厂恩洪满山树，揽月摇旗指前途。

河南焦作君莫惆，白云一片情悠悠；
安徽宿州东西部，青枫浦上不胜愁。
湖北黄石新下陆，暮去朝来颜色故；
山东茌平到阳谷，楼外黄河入海流。

辽宁沈北合作久，核实珠联璧随候；
白壁关内大槐树，携手亲友走西口。
淮南潘谢何时收，稻香麦浪不见头；
江西丰城举樟树，鄱阳湖畔喜和忧。

构造气藏横山堡，大漠袅娜何处有；
沁源大宁度春秋，山水年年望乡稠。
柳林古交已提储，兄弟姊妹肩落土；
寿阳共谋探采售，欢歌曼舞绣虹图。

潘庄柿庄基地矗，火井棋布似星斗；
稳产畅销管站输，不竭烷烃滚滚流。
临兴神府成气候，鱼龙潜跃水为滔；
将士欢呼歌飞舞，彼此相望又相扶。

今朝重整创业路,碣石潇湘凝坦途;
明日百亿硕果有,西出东进德胜楼[②]。
团结拼搏势气鼓,愿逐龙王中海油[③];
沧海竞流显身手,再振河山步不休。

作于北京中联大厦

注 释

①"勘查区块二十九"指中联煤层气公司在国土资源部登记的29个煤层气勘查区块分布于全国十个省(区),分别是云南昭通、恩洪、老厂道班房、老厂雨旺、河南焦作、安徽宿州、宿州西、湖北黄石、新下陆、南湖、山东阳谷茌平、辽宁沈北、山西白壁关、安徽淮南潘谢东、江西丰城、宁夏横山堡南、山西沁源、大宁、柳林、古交、寿阳、寿阳北、寿阳西、柿庄南、柿庄北、临兴中、临兴东、临兴西、陕西神府区块。另有山西潘庄开采、枣园开采两个煤层气采矿区块。

②"西出东进德胜楼"指通过西气东输向北京输送煤层气。

③"愿逐龙王中海油"指2014年12月31日中联煤层气有限责任公司成为中国海洋石油总公司(100%)控股的全资子公司。

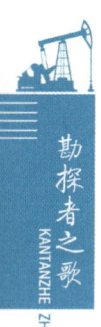

吾自清闲

——"感悟人生·超度时空"词

天青青，水蓝蓝，

心底无匪天地宽。

你逐云，他追月，

吾自清净享悠闲。

莫道愁，洗空顽，

世间大同乐和谦。

心不惑，自舒卷，

仁者超度千万年。

二〇二〇年四月一日

作于北京

后 记

作者自二〇一九年三月退休后，被公司返聘一年至今结束。

春满哈素海

昨夜东风披云裳,今晨细雨轻打窗。

点点琼珠落池塘,丝丝柔波戏鱼郎。

湖涟青苇凫游荡①,柳岸花堤麦幽香。

无边春色撩人醉,岁月何须入夏忙。

二○二○年四月十九日·农历庚子年三月廿七日·谷雨
贾秀枝原创于内蒙古哈素海鱼池,修改

注 释

① "凫"(fú)此指野鸭子。

后 记

贾秀枝,一九六二年二月生,内蒙古土默特左旗人。于一九八五年九月参加工作,小学教师,爱好诗作,于二○一七年二月退休。

陶韵茶香

初见芳茗展英华,鉴识茗心赏灵芽。

悬壶高冲清香起,一盏水仙惬余暇①。

滇红茶普洱茶茶香四季

逢春壶西施壶壶泡五福

三足立鼎厚重识佳茗陶韵一品②

四事如意守信读好书贤明二君

二〇二〇年四月廿二日

于北京嘉铭园

注 释

① "水仙"此指茶水,比喻品茶犹如品饮神仙之水。
② 此指残贴"读书"款之三足如意小口石瓢壶(上图)。

寄语二君[1]

冬春夏去又逢秋,劭君呀呀跬步走。
姐弟嬉戏手牵手,子孙登堂情悠悠。
宗亲寄语毓灵秀,祖训谆谆当自留。
胸有经纬皆成器,师表传承惟嘉猷[2]。

二〇二〇年八月廿一日
作于北京

注 释

①"二君"此指贾珞君和贾劭君姐弟俩。
②"嘉猷"(jiā yóu)原指治国的好规划,此愿成为国家的有用之才。

贾氏家训

讲德孝,怀祖恩;重信义,聚族魂;
克勤俭,铸金盆;守诚笃,固贤根;
向和善,福满门;积才智,业兴隆。

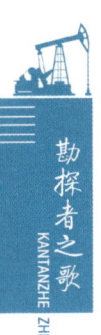

苦尽甘来·寒门出才子

贫生吃尽人间苦，饥肠辘辘走犁沟。
幼不果腹婴待哺，夜半谋食生计愁。
毓得三子皆明志，金榜父母功德留。

题 记

在家乡内蒙古贾家淤地西柜村有一位丁亥年(1947)出生的老哥贾如贵，土改时父亲被划为地主成分，家产被没收。老哥属于本分老实人，高个子有力气饭量大，口粮根本不够吃，因地主成分家里很穷，无奈去外地找了个媳妇成了家，先后生养了三个儿子。记得在一个青黄不接的时节，老哥家里没有一点米面吃，娃娃们饿得睡不着觉，被迫无奈，他就半夜里去生产队的玉米地里掰了几穗玉米准备给娃娃们煮的

吃，不料被负责看田的王知青逮住了（作者注：在那个饥饿的年代，这种事情时有发生。如果看田的是村民或是同族同姓的遇到这种事，也就睁一只眼闭一只眼过去了。如今看田的知青遇见了这事，就得报告大队了。下乡知青也是为了"表功"，获得大队干部的好评，争取能够早日回城），老哥被押送到大队部接受处罚。大队干部带领民兵连长等一行到家里搜查，发现屋里和粮房里竟然没有一粒粮食，在场的人们都止不住掉下了心酸的眼泪……

再说那三个食不果腹的儿子，天生聪颖，长得英俊，目睹父母之不易，自然懂得刻苦学习，十年寒窗终不负，三兄金榜总有期，长子贾元真和次子贾树真先后考入内蒙古医学院，三子贾树青考入内蒙古农业大学。这位老哥靠勤劳的双手耕种着十亩土地，辛勤劳作不辞疲倦，节衣缩食积攒学费，含辛茹苦育子读书，就这样奇迹般地培养出三个优秀的大学毕业生……

薪火相传，这父母的苦寒感人涕泪，这父母的事迹令人敬佩，堪称耕读传家之典范。

天道酬勤，父母永远是崇善尚学最好的老师！

二〇二〇年九月十日·教师节

作于北京

鱼塘秋韵

（一）

雨后风凉暑气收，池边叶黄报初秋。
彩云俯逐清波舞，塘中肥鲤挂玉钩。

（二）

远眺青山近赏花，余生清静养鱼虾。
秋池鲤肥夕阳下，桌上尽带黄金甲。

（三）

秋风习习芦苇黄，池静鱼肥半月藏。
情幽波柔随风去，歌伴渔舟回故乡。

二〇二〇年九月廿二日·农历庚子年八月初六·秋分
贾秀枝原创于内蒙古哈素海鱼池，修改

咏菊庆双节

藏春羞萌夏，秋风染秋华。

奇艳出谁家，寿客植幽崖[1]。

微香入万家，紫禁红旗插[2]。

满城黄金甲，吾开百花煞。

二〇二〇年十月一日·国庆节·中秋节

作于北京

注 释

① "寿客"即菊花的别称。中国四大名花牡丹、菊花、山茶、水仙，其别名分别有贵客、寿客、雅客与凌波仙子之称。菊花为花草四雅（兰、菊、水仙、菖蒲）之一，被喻为（梅兰竹菊）花中四君子。

② "紫禁红旗插"此指中华人民共和国成立71周年又逢中秋节，在双节同庆之际紫禁城及举国遍插五星红旗。

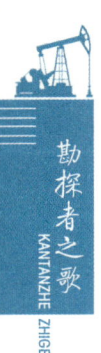

长城戏水

灏明湖畔[①],飞艳流丹。
参天古栗[②],酌君共欢。
溪流石穿,连珠龙潭。
长城戏水[③],千古悠然。

二〇二〇年十月十七日
作于北京怀柔

注 释

① "灏明湖"位于北京市怀柔区九渡河镇境内。灏明湖四面环山,水澈域广,碧波涟漪,处于黄花城水长城自然风景区的中心。

② "参天古栗"指明代板栗园。园内现有古树40余棵,古树盘根错节,形态各异,似巨龙戏珠之躯和撑掩苍天之冠令人赞口不绝。

③ "长城戏水"指始建于明永乐(1404)年间的明长城在低谷部位淹没在水中,形成"长城戏水,水没古垣"的景象。

耕读传家

清乾壮举走西口，远公携子出水沟。
山前漠野好驻处，引洪淤地田万亩。
耕读传家筑第府，世代勤勉祖德留。
钟灵紫气毓甲秀，志在河山济千秋。

题记

　　清乾隆年间中叶前后，贾氏十二世祖修身公带领知远、知近、知前三子及家眷由祖籍山西崞县（今原平市）神山村经杀虎口（又称"西口"）迁徙至口外归绥（今呼和浩特）以东的石喇沟，后择居武川县境内名曰贾家沟，种地于北特尔兔、乌兰哈达、野马兔。而后，十三世祖贾知远率其长子瑗、三子毂、四子瑾、五子瑜，自野马兔沿水沟而下，出万家沟口至土默川荒滩置地立村而居。随率全体族人并雇佣短工平滩整堰、开渠筑坝、拦洪淤地，经连年的淤澄和辛勤耕作，将荒滩变为万亩良田，故名"贾家淤地"。迄今，贾家淤地老大柜、小二柜、小三柜、西柜、南柜、缸房村均人丁兴旺，家道昌盛，成为土默川平原上富甲一方之望族。

　　二〇二一年六月廿九日·农历辛丑年五月二十日
　　贾氏二十世中甲高龙于内蒙古土默特左旗西柜村

教子孙惟读惟耕善行千里

贾氏图腾

绍祖宗克勤克俭芳流百世

霞光普照
——庆祝中国共产党成立100周年

九州曦早,
景色最妖娆。
当下新冠寰球飙①,
唯我铁锤镰刀②。
一带一路赤潮③,
惠泽黑白黄胞。
命运共同祉造④,
霞光尽在今朝。

二〇二一年七月一日
作于北京

注 释

①"新冠"此指新型冠状病毒肺炎(COVID-19)疫情。

②"铁锤镰刀"作为中国共产党党徽图案,此指中国共产党领导全国各族人民(抗击疫情)。

③"一带一路"是指中国政府"丝绸之路经济带"和"21世纪海上丝绸之路"合作倡议的简称。

④"命运共同祉造"指中国政府倡导构建"人类命运共同体",旨在世界各国要共同发展,造福全人类。

第二部分

贾高龙文集

西贝之子

二〇〇〇年新春贺辞

各位父老乡亲：

大家好！首先向您们致以亲切的问候和节日的祝福！

龙年新春，我们全家怀着万分感激的心情回到这生我养我的故乡，与乡亲们共度这美好的时光，感受这无比的喜悦与幸福。在此举行各种形式的文娱活动，一是庆祝我们的幸福生活，二是激发我们致富奔小康的热忱，让我们同心协力把家乡建设得更加美好，祝愿西贝村家家美满幸福、户户富裕安康！

在这欢乐祥和的时刻，我更加感到家乡的亲切与温暖。此时此景，千言万语也难以表达我激动的心情。我植根于西贝村这片热土，西贝村的水滋润我的童年，西贝人的情溶于我的血液，领我进学堂，教我学文化，送我去参军，是家乡的沃土、乳水与浓情把我哺育长大，家乡人对我的恩与情使我永生难忘。记得那年冬天，是村干部与乡亲们敲锣打鼓送我去参军，那是一个寒冷的冬日，但我的情感

在燃烧、我的血液在沸腾，站在村口，我那充满泪花的目光望着乡亲们久久不愿离去，乡亲们望着我的背影寄托着无限的期望……

希望的种子在西贝人的耕耘与呵护下生根、发芽、开花、结果了——那年是农历丁巳年，也就是一九七七年，春夏时节，万物重生，百花吐艳；金秋十月，天高气爽，瓜果飘香……就是这一年，中国政府宣告一个科举新时代的开始——全国恢复高考。一场史上录取率最低、竞争最激烈的科举考试改变了一代寒门学子的命运，西贝龙虎赴考一举中第并成为青山脚下的一名塞外骄子。西贝之子不负国家和人民，不忘家乡父老，不坠勤奋之志，激励一代又一代蓬户荆扉学子走出大山……

弹指一挥二十年，家乡在党的富民政策指引下发生了巨大变化，告别了昔日的贫穷，过上了幸福生活，人们的精神面貌焕然一新，正在奔向小康，这使我由衷地高兴。同时也希望各位父老乡亲在改革的年代里，不断开拓进取，以农业为本开展多种经营，振奋精神发展农村经济，树立"无工不富、无商不富"的市场经济理念，以西贝人高尚的情操与不懈的努力，创造我们家乡更加富裕美好的明天。

最后祝家乡龙年风调雨顺，五谷丰登，财源茂盛！

农历庚辰年正月初一
于内蒙古土默特左旗西柜

悠悠苦菜情

春回大地，万物复苏，几阵春雨洒过，田间地头与渠旁河畔，只见苦菜那翠绿的嫩叶渐渐地拱出土来，给大地披上了点点新绿。她虽然不能与人参猴头相提并论，然而她土生土长，蕴涵着大自然最原始的韵致，享用起来别有一番风味——浓浓苦涩香，悠悠苦菜情。

在我的童年时代，家乡很穷，寒冷而漫长的冬天，人们基本上是用酸菜加土豆艰难地打发日子。于是人们便盼望着春天。春天的到来，就意味着酸菜之外的其他绿色美味会随之到来。记得那时每到春天，爸爸妈妈下地干活时总是领着我在地头挖苦菜，我那稚嫩的小手费了不少的气力、用了好长的时间，只不过采了一点而已，但妈妈还是带着赞叹的目光表示满意，这时我感到一种莫大的欣慰。苦菜拿回家洗干净便成了倍受欢迎的美味菜肴，餐桌上多了这道菜，吃起饭来是格外

易入口。爷爷边吃还边唠叨：这苦菜是好东西，困难时期救过不少人的命，她不用人养，却能养人。

的确，在那个年代里，苦菜不知把多少人从饥饿之苦中解救了出来，也养育了我们这代苦命的孩子。至今，我对苦菜怀有一种独钟的情感。每逢春天草绿时，总要带领

妻儿去郊外踏青采苦菜。沿着童年走过的路，寻味童年挖苦菜的地方，追忆着童年的故事。现在不像过去，苦菜多了而采菜的人却很少，不一会儿就采一筐，此时全家充满了丰收的喜悦。晚饭，苦菜蘸着辣酱吃得头上直冒汗，一边吃一边给儿子讲述苦菜的故事，讲述这永远也讲不完的故事……

二〇〇〇年三月
作于内蒙古呼和浩特

内蒙古煤田地质局述职报告

坚持学习，提高素质，开创地质工作新局面

新春伊始，我局对处级干部进行亮相考评，推行聘任制度，引入竞争上岗的用人机制，我个人首先表示赞成和拥护。对处级干部实行公开、公正、公平的选拔与任用，这是我煤田地质局充满生机充满活力的又一体现。竞争是市场经济的基本属性和固有规律，竞争使人产生危机感与紧迫感，竞争促使我们提高工作效率和工作质量，竞争是推动我局各项经济工作发展的动力。因此，这次聘任工作影响巨大、意义深远。1996年以来，本人任地质处副处长（地质监理中心副主任），现述职如下。

（一）加强政治学习，提高党性修养

"长期坚持学习，专心致志工作，加强自身修养"这是一贯奉行的做人总则。1998年以来，本人抓住在中央党校研究生班学习的机会，努力攻读马克思主义、毛泽东思想和邓小平理论，尤其对邓小平理论进行了系统地学习与钻研，并运用"发展是硬道理""科学技术是生产力而且是第一生产力"等基本原理指导我们的各项工作，认真学习江泽民总书记关于"三个代表"重要思想，准确理解党在社会主义市场经济条件下的各项方针政策，坚持四项基本原则，与党中央保持高度一致，坚持与法轮功邪教组织作斗争。通过自己的长期学习和不懈努力，自身的政治素质与思想境界有了显著提高，在学习工作和生活中处处

以共产党员的标准要求自己，具备一定的党性修养，办事公道、为人正直、对人光明磊落。在我国改革开放、跨入二十一世纪之际，争做一名有觉悟、有知识、有技术、懂管理、会经营的党的好干部这是我的最高追求。

（二）拓宽知识领域，提高管理能力和业务水平

二十世纪的到来，意味着知识经济和信息革命的开始，跨学科掌握知识、跨地域沟通信息是时代的要求，"知识、信息、发展"成为时代的主流。多年来，自己从事地质技术及管理工作，深感没有精炼的专业技术不行、没有现代管理知识更不行，这就促使自己长期不懈地坚持学习，不断提高专业技术水平和科学管理能力，在工作中学习新理论、掌握新技术，充分利用业余时间进行经济管理第二专业的深造，现已全部学完了研究生《西方经济学》《宏观经济管理学》《发展经济学》《现代企业管理》《金融理论》《财务会计学》及《领导科学》等15门专业基础课程，受益匪浅。可以这样说，这次学习与深造对自己的素质提高一个新层次、工作迈上一个新台阶起到了关键作用。2000年被中央党校授予全国优秀学员称号并以资奖励（内蒙古只评选3名），这首先是对我煤田地质局培养人才的肯定与宣传，也是对我本人学习成绩的评价与肯定。自己作为一名煤田地质局的中层技术管理干部，只有保持较高的技术水平和管理能力，才能指导局属各单位的技术工作并帮助其解决技术难题，才能真正起到为基层服务的作用，从而树立技术人员应有的威信培养应有的职业道德，也只有这样才能优质高效地完成我局部署的各项

地质任务。

(三) 主要工作业绩

1. 煤层气项目有较大进展。1998年以来，自己一直负责我局煤层气项目的具体事务，在此期间翻阅了大量的有关资料，编写了《内蒙古煤层气资源概况》，积极向自治区有关部门作项目的宣传和引进工作。准格尔煤层气勘探开发项目已有重大进展，2000年11月8日，中联煤层气有限责任公司代表国家与美国德士古石油公司在北京签署了合作开发准格尔煤层气产品分成合同，合同期限共30年，在前五年的勘探期内，外方单独投资、独承风险。这一项目的实施将关系到我局今后地勘业的拓展。

2. 负责各队地质设计的审批、地质报告的审查以及地质项目的管理工作。完成的主要地质项目有：东胜煤田四道柳找煤、呼盟大杨树找煤等。值得一提的是231队对外承揽的五九煤矿外围详查合同项目，根据已施工的部分工程，重新确定了勘探类型，对钻探工程及时做出了调整，去掉6个钻孔、调整了3个钻孔，节省了钻井工程量，在总工程费用包干的前提下节约了可观的资金。

3. 优质报告审报工作。我局近年来完成并获奖的地质报告有：伊敏河东普查报告获优质报告一等奖，锡林沿特锗矿详查报告获优质报告二等奖与新发现资源奖，胜利煤田水文地质普查电法专业报告获优质报告一等奖与新发现水资源奖，准格尔煤田榆树湾普查报告获新发现资源奖。上述地质报告自己均参与了评审，有的参加了主要编制工作。这次共获奖6项，在全国煤炭系统内我局获得的奖项和

奖金最多。

4. 积极撰写科技论文。地质专业类论文《内蒙古东胜煤田延安组孢粉组合特征》发表在《中国煤田地质》2000年第1期；用英文撰写的"The Boundary Between Carboniferous and Permian in Zhungeer Coalfield, Inner Mongolia"（内蒙古准格尔煤田石炭系与二叠系分界）赠与中联煤层气公司与德士古公司有关专家，这有助于今后我局与两个公司的友好合作；经济专业类论文《内蒙古煤炭经济可持续发展之路——煤层气开发与利用》发表于《内蒙古煤炭经济》2000年第6期；文学类文章《悠悠苦菜情》发表于《人口与生育报》2000年4月21日第4版，这是人生低谷时期的作品，描写冬天的穷人盼望春天、盼望绿色的情境。这些文章的刊出，首先是宣传了作者单位——内蒙古煤田地质局，扩大其社会影响，同时对作者本人亦是一次锻炼和提高。

以上述职报告如有不妥之处以及本人存在的若干缺点和不足，请各位领导帮助指正，同时亦请广大群众监督与批评。

自荐岗位

根据自己的专业特长以及多年从事地质技术与管理工作的经历，本人自荐为地质科技信息处处长。任职初步设想。

第一是对局管煤勘地质项目实行科学管理，少投入、多产出、求效益；第二是大力开发煤层气项目及市场项目，如贵金属锗勘查、放射性铀矿勘查、水资源勘查等；

第三是积极争取国家"三性"地质项目，如煤火防治、环境地质项目和地质研究项目等；第四是对地质技术人员实行"人本管理"，让年轻拔尖人才脱颖而出，不论是局机关还是局属各队真正起到专业技术示范带动作用，为稳定我局地质专业队伍尽我们中层干部应尽的职责。总之，在局党委和行政班子的领导下，优质高效地完成各项任务，力争在二至三年内将地质科技信息处的各项工作迈上一个新台阶。

最后，以全局利益为重，从工作需要出发，服从组织分配与任用。谢谢！

二〇〇一年二月六日
于内蒙古呼和浩特

后 记

作者于二〇〇一年二月六日述职后，离开内蒙古煤田地质局，应中联煤层气公司盛情聘请，进京就职。

为人民服务

中央在全党开展以实践"三个代表"重要思想为主要内容的保持共产党员先进性教育活动，公司按照中央指示精神和要求进行统一部署和安排，组织党员学习与评议。本人由于在保德项目现场，不能回到公司参加集中学习与评议，据其特殊性，自己利用工余时间对《保持共产党员先进性读本》系统逐篇学习，认真笔记，精心撰写学习心得与体会；根据《中国共产党章程》对党员的要求，在履行党员义务方面进行党性分析。

本次教育活动十分必要，在我国社会主义初级阶段，只有每个共产党员保持其先进性，中国共产党才能保持其先进性，中国共产党才能真正成为中国工人阶级的先锋队，才能真正成为中国人民和中华民族的先锋队，才能领导全国各族人民建设有中国特色社会主义事业。中国共产党代表中国先进生产力的发展要求，代表中国先进文化的前进方向，代表中国最广大人民的根本利益。因此，中国共产党必须站在时代的前列，与时俱进，最终实现共产主义崇高理想。

（一）为人民服务是中国共产党"立党为公，执政为民"的根本

《为人民服务》作为"老三篇"的首篇，自己从六十年代上小学开始学习至今不知有多少次，但随着时代的发展对其深刻寓意理解更加透彻，并有更多更新的收获。

为人民服务精神在不同的年代有其不同的表现形式，但其本质是永恒不变的，共产党员的宗旨就是为人民服务，共产党员的先进性就在于全心全意为人民服务。一个平凡的人在平凡的工作中到处可以表现出为人民服务的崇高精神。一个共产党员把为人民服务的精神体现在自己平凡的工作中，就是对这次保持共产党员先进性教育活动的最好答卷。今年的野外工作就给自己上了一堂生动的党性教育课，尤其在保德项目的钻前工作中，征地拓路要与当地农民直接对话，协调工作既不能伤害农民的利益，又要保证国家政策的贯彻执行，常常是早晨上山一直工作到深夜才能下山吃饭，工作非常辛苦。八月七日是自己一生中最难忘的一天，我们工作组从早晨上山一直工作到晚上十二点，天还下着小雨，下山后找到一家饭店吃饭时已经是凌晨一点钟，保德县国土局杜局长、桥头镇王镇长、公安局张队长与我们边吃饭边谈起一天的工作时，谁也没有说工作的辛苦，而是说我们从来没有过这样的工作经历，大家快乐地说——因为我们都是共产党员。

（二）为人民服务精神体现共产党员不畏艰险、克服困难的坚强意志

我们的工作不会没有困难，没有困难的工作谁都会干，有困难的工作不是每个人都能干好的。"不畏艰难险阻、敢于克服困难、善于克服困难"是共产党员的本色，"知难而上，知难而进"是共产党员的优秀品德。今年在项目施工中，协助施工单位协调地方关系的任务非常艰巨，征地拓路工程难度很大，BD-3井通路工作遇到了前

所未有的困难。这时候我们想到了毛泽东这位东方伟人的话："我们的同志在困难的时候,要看到成绩,要看到光明,要提高我们的勇气。"我们工作组的艰苦努力与地方政府的协助,最终将钻井设备运到山顶,顺利开始施工。

(三)为人民服务精神体现共产党员团结友爱、互相帮助的高尚风格

一个人的能力是有限的,只靠个人"单打独斗"是不可取的,集体的力量与智慧才是无穷无尽的。协调多方面的力量、与队友团结协作、高效工作,这体现共产党员的高尚风格。毛泽东同志曾经说过:"我们的干部要关心每一个战士,一切革命队伍的人都要互相关心,互相爱护,互相帮助。"从现代意义上讲,就是"团队精神"与"协作精神",这是公司文化的精髓,是企业的灵魂,这也是我中联公司的生机与活力所在。

(四)为人民服务精神体现共产党员批评与自我批评的博大胸怀

在这个世界上"人无完人",自己有缺点就不怕别人批评指正,别人对自己的批评正是在帮助自己改进工作、帮助自己进步,只有这样自己才能更上一层楼。毛泽东同志曾经说过:"因为我们是为人民服务的,所以,我们如果有缺点,就不怕别人批评指出。"结合自己的思想状况与实际工作,对自己存在的不足和缺点进行深刻剖析,有利于今后各项工作取长补短、再上新台阶。

针对存在的不足和缺点,在这次保持共产党员先进性

教育活动中，作为自己整改提高的重要内容，今后要严格履行党员义务，做合格共产党员，争做先进共产党员。如果每个共产党员都能保持其先进性，那么中国共产党作为中国人民及中华民族的先锋队将永恒万代。

二〇〇五年八月廿八日
于山西保德项目施工现场

后 记

本文纪念贾高龙同志被授予中联煤层气有限责任公司年度先进工作者称号。

保德工作日记（节选）

BD-3钻井施工二十天于八月卅一日顺利结束，开始了艰难的搬迁。

九月二日开始搬迁。从BD-3井向BD-8井搬迁要经过豆塔、赵家庄、王家岭、东局四个村庄。车辆途经东局村时，村民在路边挖了排水沟，说是村支书让他们为施工单位修路，因此向施工队要钱；村支书说村里的砖路被压坏，要求施工单位赔偿二公里修路款十万元。施工单位再三劝说下，东局村将第一批九辆设备车放行。下午，东局村与王家岭村的村民将路挖断，去BD-3井场的空车被挡在东局村。晚七时许，向县政府报告情况后，张县长随即通知桥头镇政府，明早派人到东局村与王家岭村协助解决问题。今天——搬迁第一天有九车设备运下山到新井场。

九月三日早，我们与桥头镇王副镇长到东局村与王家岭村协调解决问题。刚刚到东局村，接到电话说主车行至赵家庄村被拦截，施工单位尹经理马上到赵家庄解决拦车问题；我负责和王镇长留在东局村与村支书交涉解决问题；后又去王家岭村解决断路拦车问题，经过说服村民将路上的坑填平并表示不再拦车；再去赵家庄合力解决其村民之间的拦车冲突，经过艰难说服工作，至下午二时村民间的冲突已平息。随后去豆塔村解决井场的拦车及善后问题。下午四时汇合于王家岭村进行"攻坚"，王家岭村头号"讹诈王"王某声称要赔偿村里道路损失费十万元、补偿全村由于扬尘造成的农作物直接经济损失二十万元，王某美其名曰是为全村村民，而自己的损失是小事，结果他还干出了冒领别人地款的勾当；还有一位中年妇女坐在当路，因施工车辆压了路边属于她家的四颗土豆苗，要求赔偿四万元……。经过与二十多户村民的交涉，到晚七时主车艰难地通过了王家岭村，向东局村方向行进。主车行至距东局村不远的拐弯处，推土机在拓路过程中前轴断裂将路堵塞，主车与运输设备的车辆均不能通行。在紧要关头必须连夜抢修推土机并当即将其拖在路边以打开通道。我们回到驻地已是深夜十二点钟，可慰的是今天有二十一车设备运下山到新井场。

　　九月四日，先在保德山上解决公路堵车问题，再去东局村解决最后一个村的难题。连夜修好了推土机解决塞路问题，保证设备车辆通行。主车向前行驶时前轮方向拉杆发生故障，紧急抢修后，经过艰难险阻于下午四时驶出了东局村。同时有七车设备运下山，但途径保德城附近发生公路堵车，与交警协调后放行。晚八时我们回到了驻地。

九月五日，忍辱负重的主车已剩单排前轮，行驶至距公路不远处发现前桥移位，遂令紧急维修。其他搬迁设备车辆抓紧运输，到下午一时许所有设备全部搬下山，离开了保德山上这些出了名的村庄。

　　"甜酸苦辣"的四天就这样结束了，这篇辛酸的日记略去了很多无法写出的细节与"动人故事"……我们是真正地领教了保德山上的这帮"山民"，在我们心中将永远铭刻"东局、王家岭、赵家庄、豆塔"之村名。在日夜煎熬的四天里，我们项目单位与施工单位的共产党人经受住了一场严峻的考验，在保德山上露出了胜利的笑容。

二〇〇五年九月五日晚
于山西保德

快乐工作,快乐生活

地勘工作是艰苦的,而野外生活更加艰苦,这就需要我们充分理解"快乐工作,快乐生活"的人生价值观。在艰苦的工作与生活环境下,以乐观的心态面对人生,以饱满的热忱投入工作,就没有克服不了的困难,也就没有完不成的任务。虽然野外环境是恶劣的,野外生活是苦燥的,但是,当自己完成了一项任务,化解了一次矛盾,解决了一个难题,办妥了一件事情,升华为一种"成就感"时,生活就变得快乐有趣了,人生趣味也就寓于其中了。

春天,在鄂尔多斯高原钻井工地,常常是沙尘肆虐,当地有一句民谚:一年四季风,自春刮到冬。偶尔晴天时就是烈日当头,高原上强烈的紫外线晒得皮肤痛痒难忍,工作及生活环境极其艰苦,有诗为证:

黄土高坡没日风,扬沙击面餐佐尘。
赤野西东阳光浴,夜卧单床聆机声。

只有几阵春雨洒过,大地才有绿色,星星野花显得格外美丽迷人,诗曰:

雨落墚塬野花盛,心怡神韵书五更。
洒向大地一身情,人间趣乐寓余生。

在山西省河曲县钻井期间正逢中秋,中秋节是全家人团圆的传统节日,由于工作而无法与家人团聚,中秋明月高照,钻机声声依旧,现场施工正酣,钻井队员与中外专家忘我的奋战在一线,触景生情,赋诗一首——《赞中联人》,以鼓舞我项目人员士气、赞美我中联人奋战高原寻找煤层气资源的豪情壮举。

九曲碧波明月静,西口古渡人地灵。
闲道信步古长城,先仁智踞黄土坪。
秋夜银霜钻机鸣,泥浆做墨书豪情。
奋战高原中联人,敢问大地气究竟。

丰富的野外文化生活不仅能陶冶情操,还能使生活变得更有乐趣,工作变得更有干劲,更有意义,这就是我们地勘队员应有的人生风范。

二〇〇六年十月六日·中秋节
于山西保德项目现场

师徒心语

师傅的第一位徒弟叫通吃。大徒说,这项运动我不过瘾,我还要练南拳,更想练瑜伽,男女我要通吃……

师傅的第二位徒弟叫健康。二徒说,这项运动我已入佳境,我要婚嫁啦,我要以健康的体魄步入洞房……

师傅的第三位徒弟叫快乐。三徒说,我要叫乐乐,因为这个小球蹦来蹦去真逗,乐的我整宿都睡不着觉……

师傅的第四位徒弟叫感觉。四徒说,这项运动真爽,这颗银球你来我往动个不停,现在我越发感觉挺好了……

师傅的第五位徒弟叫美丽。五徒说,别看我运动体质差,但我美丽,打起球来更美丽,美的我天天都有两三个时辰在打球……

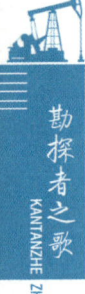

　　师傅的第六位徒弟叫钻石。六徒说，我长的规矩，做人更规矩；我学球像做人一样规矩，谁娶到我谁就像得到了一颗钻石……

　　师傅的对手还有"四人帮"——许高廖钱——他们都说，我们初来乍到的，每天只好玩球了，等婆姨们来京了，我们就不玩了……

　　师傅最后总结说：打球就是要荤素通吃，健康身体，快乐生活；打球更是要感觉挺好，美丽德品，钻石人生。

关键词：通吃　健康　快乐
　　　　感觉　美丽　钻石　挺好

挺好乒乓俱乐部
二〇〇九年九月

中联煤层气公司鼎力发展之势

中联煤层气有限责任公司由国务院批准成立，同时授予煤层气对外合作专营权，在国家计划中单列，隶属于中国中煤能源集团的全资子公司。中联公司作为我国煤层气产业的骨干企业，站在煤层气科技发展的前沿，肩负着我国煤层气资源勘探开发并实现商业化的重任，依托国家产业政策、积极引进外资和技术以及企业自身发展将煤层气事业做强、做大、做实。

> 中联主打三张牌，
> 鼎力经营中发白。
> 国投外资主探采，
> 企业创新聚人财。

（一）打好"中""发""白"这三张牌方可鼎立中联

第一张牌——红中。应立足于国家煤层气产业的高度，以"产业家"的大战略来谋划公司的发展；站在煤层气科学技术的前沿，以"科学家"的深度引领我国煤层气科技的发展方向。首先，煤层气作为一种新能源其资源量与常规天然气相当，应当作为国家的一项新型产业来谋划公司的发展，为国家制定煤层气产业政策包括引进外资的优惠政策等提供依据。另外，煤层气产业的发展必须以科学技术为先导，实现科技创新，最大限度地调动和发挥尖端科技人才的积极性和创造性，确立煤层气科技的领军

地位。

对中联公司而言，应以国家煤层气产业政策为导向，以科学技术为支撑，培养和造就一支煤层气科技队伍，借助国家煤层气科技重大专项的平台，突破我国煤层气开发技术瓶颈，制定一系列适合我国煤层气特点的行业技术标准，实现煤层气开发科学化。

第二张牌——绿发。营造绿色投资环境，依托国家授予公司煤层气对外合作专营权的优势，积极引进外资和技术进行我国煤层气资源的勘探和开发工作。对外合作专营权赋予中联公司与外方签订"煤层气资源开采产品分成合同"，该合同是国家商务部批准的对外合作标准合同，是我国煤层气资源对外合作的法规性文本。我公司现拥有煤层气探采矿权区块29个，总面积1.94万平方千米，其中已对外合作区块17个面积为1.38万平方千米，约占区块总面积的70%。2009年对外合作投入近3亿元，对外合作创收2000多万元，为解决公司勘探资金短缺、保证合作区块最低勘探投入起到了重要的作用。

对中联公司而言，应以国际合作与勘探为支撑，积极引进外资和技术，规范对外合作项目的管理和执行，加强基础勘探工作，增加煤层气探明储量，为公司提供勘探开发的后备基地。

第三张牌——白版。在一张白纸上画好最新最美的煤层气开发蓝图。要立足于实现煤层气商业化开发的目标，以"企业家"的经营理念打造管理一流、效益一流的生产企业。企业的核心是效益，效益来源于低投入高产出。围绕公司的商业化生产基地实现煤层气产量和销量的突破，加强企业造血功能，创造经济效益，争取在国家能源消费结构中占有一席之地。

对中联公司而言，应以分公司自营开发基地为支撑，规模化运营公司的"吃饭项目"，强化公司的产销功能，建产能、增产量、抓销售、创效益，实现煤层气商业化开发目标。

"中""发""白"这三张牌需要有机整合，缺一不可。如果只重视第一张牌而忽视第二和第三张牌，那么公司将会成为一个没有根基的"大忽悠"；如果只重视第二张牌而忽视第一和第三张牌，那么公司将会变为一个受制于外方的"讨钱人"；如果只重视第三张牌而忽视第一和第二张牌，那么公司将会蜕变为一个基层"瓦斯队"。因此，要摆正三者的位置，充分发挥各自的作用，公司才能协调发展。

当前，中联公司应立足于煤层气产业的高度，站在煤层气科学技术的前沿，借鉴和利用先进技术，突破开发技术瓶颈；积极引进外资以弥补勘探资金的不足；依托企业自身发展，逐步扩张企业规模，创造经济效益和社会效益，真正成为我国煤层气产业的骨干企业。

中联公司自成立以来有了长足的发展，目前主要勘探和开发项目有：国家煤层气产业化示范工程——山西潘河先导开发项目实现商业化运营；山西晋城潘庄合作项目与柿庄南合作项目总体开发方案已上报国家发改委审批，这两个项目从勘探期进入了开发期；柳林合作项目已提交煤层气探明储量53亿立方米；国家科技重大专项示范工程——柿庄南项目与柳林项目已开始实施。

（二）二〇一〇年中联公司"11211"工作目标

★实现1个国家煤层气产业化示范工程——潘河先导开发项目商业化运营；

★建成1个国家重大专项示范工程——柿庄南枣园开发项目；

★实现煤层气产量2.1亿立方米（含对外合作）；

★实现煤层气销量1.2亿立方米；

★完成利润指标1000万元以上。

"11211"工作目标的实现，标志着我公司的煤层气事业将步入一个商业化开发的新时期。

二〇一〇年五月十二日
于北京中联大厦

后　记

春天的惊喜

在春天的北京，见到仰慕之久的贾先生。平易近人的态度及北方人特有的热情豪爽，消除了初次见面的所有陌生与拘谨。恍惚中，像一个老朋友般可以无话不谈，举杯言欢。如果这仅是意外的开始，领略到他的文采与诗人般的豪情就是整个意外的高潮部分了。我见过许多诗人，也见过许多摄友，可这两者兼顾的人并不多。觥筹交错中，我有些恍惚。这位在自己专业领域一丝不苟的人，在记录美景的时候，诗的豪情是否就在胸中奔涌呢？那该是怎样的一种美好酣畅的感受！

日子会飞，长了飞毛腿。它刚飞过漫漫冬日，旖旎的春天就向它投怀送抱了，而我们总是被甩在后面。

前些日子的一场春雨，正一点点浸润着饥渴的土地和沉睡的小草，还有万千棵枯槁憔悴的树木。"埋没了一个冬天的种子在苏醒，它寂静、欢喜，又悲悯。"怀着这些复杂而美好的情绪，她们开出美丽的花来，美丽得让人忘掉它们曾那样憔悴焦急。

这样的季节，完全可以身临其境地体会到"好雨知时节，当春乃发生。随风潜入夜，润物细无声"的诗意情怀。那种让人无限感动的美，只有亲眼所见，才可以体会得真切。

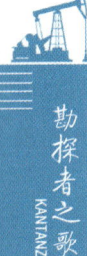

每个地方春天的特色不尽相同，但相同的是沐浴在春光里的人们那从心底漾开的满脸春色。"再长的美好，在醒着时只是瞬间。"但那又如何？我沿着那条熟悉的路一直向着春天跑去，我知道她在那里，她在我们小时候哼唱的童谣里，在朱自清的散文里，在举起的相机里，在孩子们放飞的风筝里……

与贾先生一见如故，完全因为在生活的别处，都有我们共同热爱的东西，而这种东西，是没有界限的。我们的生命不能永恒，但我们的精神会。用一颗发现美的执着之心，去捕捉生命里每一个细微的美好，用坦诚纯净的心去经意这份美好的情谊，这本身就是一种美好的永恒！贾先生学工并事工，却用诗化的心去端详世界记录花开的声音，在这烦俗的世界实在难得。

春风过处，春光烂漫，柳芽抽丝，生机勃勃。落尽残红始吐芳的牡丹，实不愧百花之王，那种百花无法比拟的大气浓艳，是春天送给人间巨大的惊喜！

现在，春天还在贾先生的诗和散文里，在他美丽的图片里。很期待早日看到他的诗文集问世，更期待他美丽的图片与隽永的文字相得益彰地呈现在大家面前。这种感受如同"美酒之于善饮者，古董之于收藏家"一般，愉悦得无可替代。

雪　芹
二〇一八年季春

图书在版编目（CIP）数据

勘探者之歌：贾高龙诗文集 / 贾高龙著. —北京：
中国书籍出版社，2012.7
ISBN 978-7-5068-2862-8

Ⅰ.①勘… Ⅱ.①贾… Ⅲ.①诗集—中国—当代 ②散文集—中国—当代 Ⅳ.①I217.2

中国版本图书馆CIP数据核字（2012）第109686号

勘探者之歌：贾高龙诗文集

贾高龙 著

策划编辑	李立云
责任编辑	李立云
责任印制	孙马飞　马　芝
封面设计	添翼图文设计室
出版发行	中国书籍出版社
地　　址	北京市丰台区三路居路97号（邮编：100073）
电　　话	（010）52257143（总编室）　（010）52257140（发行部）
电子邮箱	yywhbjb@126.com
经　　销	全国新华书店
印　　刷	廊坊市海涛印刷有限公司
开　　本	889毫米×1194毫米　1/32
字　　数	220千字
印　　张	9.25
版　　次	2012年6月第1版　2024年3月第3次印刷
书　　号	ISBN 978-7-5068-2862-8
定　　价	30.00元

版权所有　翻印必究